心を桃色や薄紫に変化しゆく、紫陽花の花にたとえるなんて――という驚きとともに、「そうだ、わたしだって桃色にも咲けるんだ！」とむくむく勇気がわいてきました。

それからは、朔太郎を起点に、明治・大正・昭和初期から戦後の近現代詩をたどり、心奪われた一篇一篇を、野の花のようにそっと手折り、胸に蔵《しま》って、ときどき取りだしては、ほほえんだり、励まされたりしてきたのでした。

その後、詩書出版社勤務などをへて「詩の入りやすい入口を作ろう！」と、近代詩の伝道活動とともに「ポエトリーカフェ」という詩の読書会を始めたのが二〇〇九年秋のこと。そんななか開催したイベントに、たまたまご来場されていた「しんぶん赤旗」編集局の方より月一度の連載のお話をいただきました。毎月、胸のなかの花々を手渡すように、詩や詩人について書き、伝えられる日々の幸せなことといったら！　読者の方々より届いたご感想やご意見のおかげで、連載も二年半を過ぎ、幸いなことに、書き下ろしを加えて書籍化させていただける運びとなりました。

本書が、詩と詩人とみなさんの心をつなぐささやかな架け橋になれれば、こんなに嬉しいことはありません。

はじめに

はた、と考えます。

詩というものに、ほんとうに出会ったのはいつの日のことだったのかなあ、と。

幼い頃は、国語教師だった父の書架にある本を好奇心のおもむくままに読みすすめ、やがて、図書館や本屋、古本屋さんへ――。美術や文学に興味を持って入学した短大では、才能と個性ある友人に囲まれ、わたしにはなんの魅力もないなあ、と自信を失ったことも。そんなある日、授業でこんな詩の一節が目に飛びこんできました。

こころをばなににたとへん／こころはあぢさゐの花／ももいろに咲く日はあれど／うすむらさきの思ひ出ばかりはせんなくて。

（萩原朔太郎「こころ」より、『純情小曲集』大正一四　新潮社　所収）

心に太陽を　くちびるに詩を ☀ 目次

二、いのちのしずく　71

三、言葉のかほり

装丁＝間村俊一
装画・挿絵＝小林春規

＊「一」「二」の初出は「しんぶん赤旗」。本文各見出し下の（　）内は掲載年月。

一、生きるという旅

旅人になるきみたちへ
――新美南吉「寓話」

（二〇一三年四月）

「生きる」ということは、果たしてどんな「旅」なのでしょうか。

「ごん、お前だったのか。いつも栗をくれたのは。」（新美南吉「ごん狐」より）

これは〝いたずらをしたお詫びに〟と毎日、村人の兵十の家にこっそり食べ物を運んでいた子狐「ごん」を、それと気づかずに火縄銃で撃ってしまった兵十の言葉です。小学生の頃、この話の結末にふれたときの衝撃を、わたしはいまだにはっきりと覚えています。

二〇一三年、生誕一〇〇年を迎えた児童文学者・新美南吉《にいみなんきち》（一九一三〜一九四三）は、その二九歳という短い生涯の中で、一一〇篇ほどの童話のほか、一八〇篇ほどの詩も遺しています。その言葉たちは、今でも全く古びずに、透明なガラスの破片のごとくキラキラ切っ先をむけてきます。

たとえば「*寓《ぐう》話《わ》」という一篇の詩。

うん、よし。話をしてやろう。
昔、旅人が旅をしていた。
なんというさびしいことだろう
かれはわけもなく旅をしていた

旅人は厳しい天候の日も、険しい大小の道のりも、ひたすら一人で旅を続けます。ある時、旅人は家の灯を見つけ、そこでやさしい人々と、楽しいひとときを過ごします。

だが、外《と》の面《も》をふく風の音を聞いたとき、
旅人は思った。
私のいるのはここじゃない。
私のこころは、もうここにいない。

旅人は野山を一人さすらう心を追いかけるように、その家を後にし、旅路に戻ります。
安らぎを自ら手放し、一歩ずつ、自分の足で歩む旅人。
そして、南吉は「この旅人はだれだと思う」と問いかけ、

かれは今でもそこらじゅうにいる。
そこらじゅうに、いっぱいいる。
きみたちも大きくなると、
ひとりひとりが旅をしなきゃならない。

旅人にならなきゃならない。

と、この詩を結びます。

四歳で母を亡くした南吉の生涯は、決して平坦なものではありませんでした。さびしさや、かなしみの感情は、南吉のその生の傍らに寄り添う友人のようなものでした。そして、人間が傷つけ合うものであること、世界が不条理や欺瞞《ぎまん》に満ちていることを、若くして思い知っていました。

南吉は、自分の生きてきた道のりを、そのまま詩や童話にかきました。平易な言葉で簡潔に魅力的に。それはそのまま、今を生きる、わたしたちへの応援歌なのです。

「さびしいとき、悲しいとき、傷ついたとき、横をみてごらん。一人でがんばる君の横でがんばる、もう一人の君、それが僕だよ」

一〇〇年の時をへて、新美南吉のそんな声が聞こえてきませんか。

＊「寓話」詩集『墓碑銘』（一九五七　英宝社）所収

弾圧の中、闘う人々の声

――船方一「ふるさとえの歌」

（二〇一三年五月）

あなたの故郷《ふるさと》は、どこですか。そして、あなたはどこで生まれましたか。

おれの故郷わ隅田川

そのふるさと　隅田川を
見ぬこと――七年
お前　隅田の流れわ　その河岸わ
いかに変つたことだろう

（「ふるさとえの歌」より）

わたしが船方一《ふなかたはじめ》（一九一二〜一九五七）を初めて知ったのは、もう一〇年も前。プロレタリア文学の詩華集でみた一篇の詩。「おれの故郷わ隅田川」、この始まりの一行にわっと胸をつかまれました。

一九一二年、東京隅田川下流、稲荷橋の下（現・京橋）の小さな石炭船で、船方一は生をうけます。かれにとっての「揺籃《ゆりかご》」は、船。それを浮かべる隅田川でした。

かれは幼少期に横浜に移住し、小学校を中退。水上労働生活を送りながら、一七歳で船頭になります。そして、その厳しい生の実感を平易な親しみやすい言葉で詩につづってゆきました。

一九三二年、二十歳で日本共産党に入党後は、労働者詩人として仲間とともにプロレタリア文学運動に身を投じてゆきます。

無智そのもののような船頭たちのくらし
だがその船頭たちも「京浜船夫労働組合」をつくりあげ

くらしを守るたたかいの旗をかかげ
ときにわいくつかの勝ちどきをあげた
一九三一、二年ごろの
あの歴史的な闘《たたか》いの浪のたかまりと共に

一九三一年、二年。プロレタリア文学運動を起こす者たちへの激しい弾圧の中、高らかに声をあげ、闘う人々がありました。しかし、当時の政府による言論弾圧は壮絶を極め、多くの文学者たちは、検挙・投獄・拷問・虐殺など、非人間的な扱いを受けながら、その口を言葉を、いや応もなく封じられます（船方も一九四一年に検挙・投獄）。一九三六年に刊行予定だった船方の第一詩集も、その思想により発禁処分を受けました。敗戦後も、船方は日本共産党の幹部を務めながら、横浜で詩作を続けます。長い長い闘いを経て、「ふるさとえの歌」も収めた念願の第一詩集『わが愛わ闘いの中から』（日本民主主義文化連盟神奈川地方協議会）が刊行されたのは一九四九年。三七歳のときでした。

闘いえの道わ揺れ　気もちわうきしずみ
仕事のあてわないこのごろ
せめてわむかしの想い出にひたるとき
思うともなくうかんでくるのわ　ふるさとのこと
お前――隅田川のこと

（略）

川よ　隅田川よ　ふるさとよ　なかまらよ

（略）

今日のくらさのなかに生きぬこう

船方さん。わたしは今、あなたの生まれた隅田川のそばに住んでいます。今またわたしたちは、そのときと異なる、悲しみや痛みを抱えながら生きています。それでも、あなたの闘ったあの頃と同じように、隅田川はやさしく揺れながら、今も流れています。

全力で「今日」を生きる

――室生犀星『昨日いらつしつて下さい』

（二〇一三年七月）

昨日という日、あなたはどこにいましたか。どんなふうにして、どんな人と会い、どんな話をしたでしょう。

室生犀星（一八八九〜一九六二）の晩年の詩集『昨日いらつしつて下さい』（一九五九 五月書房）の中にこんな詩があります。

きのふ　いらつしつてください。
きのふの今ごろいらつしつてください。
そして昨日《きのふ》の顔にお逢ひください。
わたくしは何時《いつ》も昨日の中にゐますから。

きのふのいまごろなら、
あなたは何でもお出来になつた筈《はず》です。
（「昨日いらつしつて下さい」より）

これは、「今日の人」に「昨日来て下さい」と声をかけているという何とも不思議な作品。これを読むと犀星に、「昨日でなければ、いけなかったことがありませんか？」と問いかけられているような心持ちになります。

犀星という人を思うとき、わたしはそのタフさと日なたの匂いを、ともに思い起こさずにはいられません。私生児として生まれ、継母にはいじめられ、一三歳にして給仕として働き、自分の外見にも強いコンプレックスを抱きながら日々を過ごした幼少期。実の母にも会えず、犀星は「愛」のなんたるかを、そのとき自分は知らなかったと言っています。

今でこそ詩人・小説家として広く愛されている犀星ですが、金沢の田舎から東京に出てきて、貧しくあか抜けず、学もなく、流麗な文章が書けるわけでもなかった犀星は、一体何を持っていたのでしょう。

それは、野生児の強さや魅力、「今に見てろ！」という不屈の太陽のごとき精神です。

けふといふ日、
そんな日があつたか知らと、
どんなにけふが華やかな日であつても、
人びとはさう言ってわすれて行く――。
けふの去るのを停めることが出来ない、
けふ一日だけでも好く生きなければならない。

（「けふといふ日」より）

「今日」という日を全力で積みかさね、文学者として立つために、あらゆる困難を乗り越えてきた犀星の、優しく歌う「けふといふ日」（『続女ひと』一九五六　新潮社　所収）。

時計でも

十二時を打つとき
おしまひの鐘をよくきくと、
とても　大きく打つ。
これがけふのおわかれなのね、
けふがもう帰つて来ないために、
けふが地球の上にもうなくなり、
ほかの無くなつた日にまぎれ込んで
なんでもない日になつて行く。

もう帰って来ない「今日」という日を、おしまいの鐘が祝福してくれる――。そんな一日をどうか過ごしておくれ、とやわらかな老詩人の声がどこからか、聞こえてくるようです。

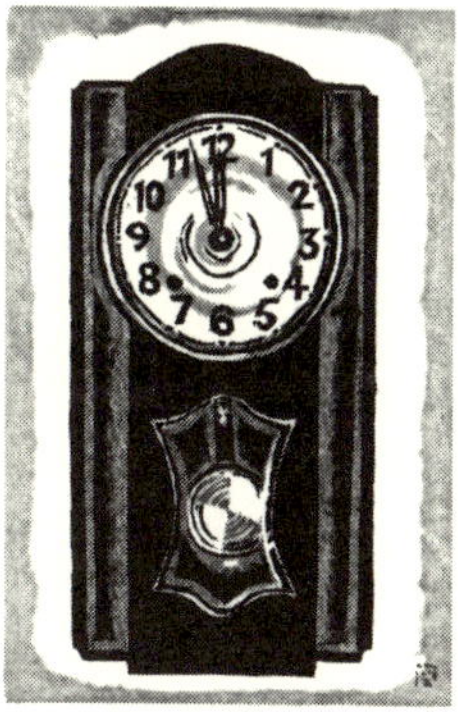

表現と創作を愛して

——竹内浩三「雨」「骨のうたふ」

（二〇一三年九月）

さいげんなく
ざんござんごと
雨がふる
まっくらな空から
ざんござんごと
おしよせてくる

（略）

ぼくは　傘もないし　お金もない

きものはぬれて
さぶいけれど
誰もかまってくれない

ぼくは一人で
がちんがちんとあるいた
あるいた

（「雨」*より）

あなたは、こんな詩を書くのは一体どんな人だと想像しますか。「ざんござんご」とふる雨、そのなかを傘もお金もなく、さぶいけれどつっぱって「がちんがちん」とあるく一人の青年？　男の子？

この詩を書いたのは、三重県出身の竹内浩三（一九二一～一九四五）。裕福な商家に生まれ、早世した母に代わり、弟へ惜しみない愛情を注ぐ優しい姉とともに、浩三はのびのびと育ちました。

一〇代で創作にめざめた浩三は、同級生と漫画雑誌を創刊。ユーモア小説や詩作など、表現の幅をぐんと広げてゆきます。そして、一九歳で念願の日大芸術学部映画学科へ入学し、上京。当時の浩三の日記や詩をみると、東京での大学生活の、楽しそうなことといったら！　やんちゃで、ひょうきん者。素直で甘えん坊で、ときに皮肉家。そして詩を、漫画を戯曲を、小説を書くことが大好きな――そう、浩三は表現と創作を愛する、一個のやわらかな魂を持つ人間でした。

戦死やあはれ
兵隊の死ぬるやあはれ
とほい他国で　ひよんと死ぬるや
だまつて　だれもゐないところで

ひよんと死ぬるや
ふるさとの風や
こひびとの眼や
ひよんと消ゆるや
国のため
大君のため
死んでしまふや
その心や
（*「骨のうたふ」より、初出「伊勢文学」八号 一九四七 参照）

街はいくさがたりであふれ
どこへいっても征《い》くはなし 勝ったはなし
三ケ月もたてばぼくも征くのだけれど
（略）

ぼくがいくさに征ったなら
一体ぼくはなにするだろう　てがらたてるかな。
（「ぼくもいくさに征くのだけれど」＊より）

そんな浩三が、軍隊訓練と兵役に従事するため、大学生活を半年繰り上げ卒業したのは、一九四二年九月、二一歳の頃でした。厳しい軍隊生活の中でも、浩三の熱き創作の筆は止まらず、自分の感じる思いを率直に詩や日記に書きつづりました。

そして、一九四五年四月、配属先のフィリピン・バギオにて戦死。浩三、二三歳。かれが、なぜ死ななければならなかったのか。さらに花開くはずだった表現を、なぜ止めなければいけなかったのか。

「ざんござんご」とふる雨をみると、ときおり、わたしは遠くの空へ、切なく思いをはせるのです。

＊はいずれも『日本が見えない』（二〇〇一　藤原書店）所収

弱さを恥じず、さらけだす強さ

——中原中也「汚れつちまつた悲しみに……」

（二〇一三年一〇月）

悲しいとき、怒りで胸がいっぱいのとき、悔しいとき。あなたはどんな表情で、どんな言葉を、あるいは沈黙を、つむいでいますか。

汚れつちまつた悲しみに
今日も小雪の降りかかる
汚れつちまつた悲しみに
今日も風さへ吹きすぎる

汚れつちまつた悲しみは

たとへば狐の革裘《かはごろも》
汚れつちまつた悲しみは
小雪のかかつてちぢこまる

（略）

汚れつちまつた悲しみに
いたいたしくも怖気《おぢけ》づき
汚れつちまつた悲しみに
なすところもなく日は暮れる……

（「汚れつちまつた悲しみに……」より）*

「悲しみ」ということを思うとき、思い出す人があります。中原中也（一九〇七〜一九三七）。そしてかれの恋のこと。

この早熟の詩人が、高橋新吉の詩に衝撃を受け、ダダ風の詩をノートに書きつらねていた一六歳の頃、長谷川泰子という新進女優と電撃的な恋におちます。自分の真の理解者が現れた！　と、泰子に夢中になる中也。
そしてままごとのような同棲生活を経て、泰子は中也の親友・小林秀雄のもとへと去ってゆきます。この時の中也の悲嘆ぶりとあふれる泰子への思い。そのすさまじさたるや！幸せな時期も含め、中也が泰子を思い、書かれたとされる詩は幾つもありますが、たとえばこんな詩。

私はおまへを愛してゐるよ、精一杯だよ。
いろんなことが考へられもするが、考へられても
それはどうにもならないことだしするから、
私は身を棄《す》ててお前に尽さうと思ふよ。

（「無題*」より）

さよなら、さよなら！

こんなに良いお天気の日に
お別れしてゆくのかと思ふとほんとに辛い
（略）

さよなら、さよなら！
あなたはそんなにパラソルを振る
僕にはあんまり眩《まぶ》しいのです
あなたはそんなにパラソルを振る

さよなら、さよなら！
さよなら、さよなら！

（「別離」*より）

「悲しい」「さびしい」「愛している」「辛い」。

おそらく普通の詩人なら使用するのを躊躇《ちゅうちょ》するであろうこれらの言葉を惜しげもなく使いまくる中也。老若男女を問わず、愛唱され続ける中也の詩の魅力――。それは実に枚挙にいとまがないのですが、わたしが最も憧れるのは、中也の「己の弱さを恥じず、さらけだす強さ」です。

私は此処《ここ》にゐます、黄色い灯影に、
あなたが今頃笑つてゐるかどうか、――いや、ともすればそんなこと、想つてゐたりするのです
（「追懐*」より）

悲しいとき、沈黙をもってそれに応えてしまうことのあるあなたへ。中也の素直な声が、心が、どうか秋風に乗って届きますように。

*はいずれも『中原中也全詩歌集（上下）』（一九九一　講談社文芸文庫　所収）

自由な精神を今こそ歌え！

――小熊秀雄「しやべり捲くれ」

（二〇一三年一一月）

もし心からうまれ出る「自由な言葉」が奪われたとき、あなたならどうしますか。

沈黙が、何の意見を
表明したことにも
ならない事も知つてゐるから――。
私はしやべる、
若い詩人よ、君もしやべり捲《ま》くれ、
我々は、だまつてゐるものを
どんどん黙殺して行進してい丶、

気取った詩人よ、
また見当ちがひの批評家よ、
私がおしやべりなら
君はなんだ——、
君は舌たらずではないか
（「しゃべり捲くれ」＊より）

一九二〇年代、軍国主義の台頭する日本で、反政府的とみなされた思想や表現への迫害が強まりました。それに反旗を翻す文学者・詩人たちが興したプロレタリア文学運動は勢いを増す一方、三〇年代には政府の弾圧も熾烈《しれつ》を極めます。多くの文学者が沈黙するただ中で、「しゃべり捲くれ！　腰抜けの詩人ども！　我らの自由な精神を今こそ歌え！」と、機関銃の代わりに饒舌なる風刺詩をひっさげてさっそうと登場した一人の詩人がありました。北海道出身の小熊秀雄（一九〇一〜一九四〇）です。

読者よ、
薔薇は口をもたないから
匂ひをもつて君の鼻へ語る、
月は、口をもたないから
光りをもつて君の眼に語つてゐる、
ところで詩人は何をもつて語るべきか?
四人の女は、優に一人の男を
だまりこませる程に
仲間の力をもつて、しやべり捲くるものだ、
プロレタリア詩人よ、
我々は大いに、しやべつたらよい、
仲間の結束をもつて、
仲間の力をもつて
敵を沈黙させるほどに

壮烈に――。

三歳で実母を亡くし、一〇代の頃より独立して、さまざまな肉体労働をしながら生計をたてていた秀雄。かれは詩や絵、童話によって生の過酷さ、また人間の自由や理想を、肺結核で命を落とすその間際まで、奔流のように歌い続けました。「大衆の意志の代弁者」として強靭《きようじん》に、しなやかに。

当時、

おまえは歌うな
おまえは赤ままの花やとんぼの羽根を歌うな
（「歌」より）

と詩に書いた中野重治へ、

中野重治よ、君はなぜ歌ひださないのか
（略）
君は君の魅力ある詩のタイプを
再び示せ

（「なぜ歌ひださないのか」＊より）

と発破をかけ、闘いを沈滞させるな！　と真っ向から批判したのも、秀雄ただ一人でした。それは秀雄の、重治に対する大いなる愛と友情から出た言葉であったと思います。もしも秀雄が今も生きていたら、一体どんな皮肉を繰りだしているだろうと、つい夢想してしまいます。

＊はいずれも『小熊秀雄詩集』（一九三五　耕進社）所収

言えなかったその言葉を

——永瀬清子「黙っている人よ藍色の靄よ」

（二〇一三年一二月）

あなたの一番近くにいる人は誰ですか。そしてあなたはその人へ、心を伝えられていますか。

だましてください言葉やさしく
よろこばせてくださいあたたかい声で。
世慣れぬわたしの心いれをも
受けてください、ほめてください。
あああなたには誰よりも私が要《い》ると
感謝のほほえみでだましてください

その時私は
思いあがって傲慢《ごうまん》になるでしょうか
いえいえ私は
やわらかい蔓草《つるくさ》のようにそれを捕へて
それを力に立ち上がりましょう。
もっともっとやさしくなりましょう。
もっともっと美しく
心ききたる女子になりましょう。

（「だましてください言葉やさしく」より、一九五〇『焔について』千代田書院　所収）

「夫婦」ということを思うとき、胸に浮かんでくる詩人がいます。岡山県出身の永瀬清《きよ》子《こ》（一九〇六～一九九五）です。自由な思想を持ち、人の在りようを尊重する両親のもとでのびやかに育った清子は、一〇代半ばより詩作を開始。詩をわが道と定め、心を砕いて自分の詩風を着実に育んでゆきます。女学校卒業と同時に、東京帝大卒の男性と結婚、すぐに子どもを授かります。ここからが清子の、女として、また詩人としての「長いたたかい」のはじまりでした。

清子いわく、夫となった男性はワイシャツや上着、ネクタイも自分でつけるのをいとうような、わがままに育てられた甘えん坊の世間知らず。その魂に歩調を合わせながら、よき妻であり母であろうとし、仕事を持ちながら、同時に何よりも「詩人」として生きようとした清子の葛藤と日々の努力は、尋常なものではありませんでした。けれど清子は、詩を書くことと、大切な家族を支えていくことを、大きな愛と信念でやり通します。

長い人生の旅路をともにし、先立った夫に清子はこんな詩も書いています。

もう土の中に入ってしまった人よ
ひがな一日黙っていまは
しめっぽい所にじっとしている人よ

詩を書く私はいつも自分一人になり切ろうとして
ほかのことは何も考えられなかったから
あなたはきっと　とても淋しかったわ

あなたは私を乱すまいと離れて私をみていた
それがあなたの藍色の愛だったのに
私はそれをまるで思いもしなかった

私は今はもう本当のひとりになったのだから
私はいつでも自由にはばたけるのに
なぜかふしぎにあなたがすぐそばにいるみたい

あなたここにほんとにいて下さいと
云えばひとりでに涙が流れるわ

生きている時　云えもしなかったその言葉

（「黙っている人よ　藍色の靄よ」より、一九八七『あけがたにくる人よ』思潮社　所収）

年の暮れ、あなたの傍らにいる大切な人へ、いつもは言えないような心の声を、勇気をだして伝えてみてはいかがでしょうか。

永遠なるものに包まれて

――串田孫一「山頂」

（二〇一四年一月）

あなたは、あなたの山の何合目に今、歩をすすめているでしょう。あるいは、腰をおろしているでしょうか。

まあここへ腰を下ろしましょう
疲れましたか
ここが針の木岳の頂上です
水ですか　ぼくはあとで貰います
この光る真夏の天の清冽
ぼくたちはもうその中にいるのです

しいいんとしているこの深さ
何だか懐かしいような気がしませんか
七絃琴《リユウト》と竪琴《キダリフ》が奏でている
これが天体の大音楽《ハルモニア》かも知れない
（「山頂*」より）

日常生活において、次から次へと押し寄せるさまざまなものごとに流され、のみ込まれそうになったとき、ふと、この詩と、かつて日光や筑波の山の登山途中で見た景色を思い出します。また、その記憶とともによみがえるのは山の中腹で飲んだ「お茶」の味。何の変哲もないお茶が、まあなんとおいしく感じられたことか！

この、山を歩く友へやさしく語りかけるような「山頂」という詩をつむいだのは、「山歩き」を通じ、生涯

その思索を深め続けた串田孫一（一九一五〜二〇〇五）です。詩人・哲学者・随筆家・画家など多方面において充実した仕事を展開し、かれの遺した著作はパンセの翻訳等も含め五〇〇冊以上。かれのどんな作品からも立ちあがってくるのは、透徹した美学、ユーモア、また自然や人間に対するしみじみと深い愛の眼差しです。

かれが、それだけの文章を書く力を身につけたのは、一体いつだったのでしょうか。それは、小学校二年の時からつけていた日記や、中学入学の冬から開始した登山日記でした。どんな小さな山のことでも、時間や天候を記録し、一日の山歩きのことを、二晩三晩かかっても文章にしていました。山で拾った落ち葉を貼り、スケッチを描き、写真帳まで別に制作するという徹底ぶり。山に抱かれ、育まれたかれは、この詩をこう結んでいます。

今こうして連なる峰々を見ていると
夢の中の憩いのようでもあるけれど
こんな山肌の色を見たことや

寂しい谷を霧に濡れて歩いたことが
あなたをやわらかく救う時があるでしょう
取りつきようのない寂しさの中を
蟻になった気持で歩いたことが
あなたを元気づけることがあるでしょう
天へ飛び立って行くような歓喜と
永遠なるものに包まれてしまった哀愁と
それが儚い人間には必要なのです
冷たい水もう　杯のみますか

新しい年を迎え、みなさん、それぞれの山の旅路が、どうか健やかなものでありますように。

＊「山頂」『旅人の悦び』（一九五五　書肆ユリイカ）所収
『日本現代詩文庫1　串田孫一詩集』（一九八二　土曜美術社）を参照

生の道のり温かく照らす

――吉野弘「奈々子に」「祝婚歌」

（二〇一四年二月）

唐突だが
奈々子
お父さんは　お前に
多くを期待しないだろう。
ひとが
ほかからの期待に応えようとして
どんなに
自分を駄目にしてしまうか
お父さんは　はっきり

知ってしまったから。

二〇一四年一月、山形県生まれの詩人、吉野弘さん（一九二六～二〇一四）が亡くなりました。享年八七。

わたしが吉野さんの詩に出合ったのは短大を出てすぐ、思潮社に入社し、まだ仕事もおぼつかない営業部時代。現代詩文庫のそろう薄暗い倉庫の片隅でした。パラパラ立ち読みした現代詩文庫一二巻『吉野弘詩集』（一九六八）。そこに収められていた「奈々子に」という詩に心が吸い寄せられました。

お父さんが
お前にあげたいものは
健康と
自分を愛する心だ。

ひとが
ひとでなくなるのは
自分を愛することをやめるときだ。

自分を愛することをやめるとき
ひとは
他人を愛することをやめ
世界を見失ってしまう。

これは、吉野さんに授かった娘さんが一歳のときに書かれた詩です。生まれたばかりの娘へ、「私はお前に期待しない。それより自分を愛する心を持ちなさい」とキッパリ伝えられる父親が一体どれだけいるんだろう？　と目が覚める思いがしました。
また、吉野さんの代表作としてよく知られている「祝婚歌」の中には、こんな一節もあります。

二人のうちどちらかが
ふざけているほうがいい
ずっこけているほうがいい
互いに非難することがあっても
非難できる資格が自分にあったかどうか
あとで
疑わしくなるほうがいい
正しいことを言うときは
少しひかえめにするほうがいい
正しいことを言うときは
相手を傷つけやすいものだと
気付いているほうがいい

（「祝婚歌*」より）

これは、吉野さんがめい御さんの結婚式へ出席できない代わりに、お祝いとして送った詩です。これを書いた当時、吉野さんは四七歳。詩人として文壇の第一線で活躍し始めた頃でした。そして、結婚して二〇年、つまらぬ意地をはっては妻にきつくあたっていた自分への戒めと、妻・喜美子さんへの感謝の気持ちをつづったものでもあったそうです。

ある講演の際に、「いまでも私は詩を書くときに、美文を書こうとか、文学的にすばらしいものを書こうとかいう意図は、持ったことがありません。一番書きたいことを、突き動かされるように書いてしまうことが多いです」とおっしゃっていた吉野さん。

そうやってつむがれた詩の言葉たちは、りんとして平明、実直で、わたしたち一人ひとりの歩く厳しい生の道のりを温かく照らしています。これまでも、これからも。

ありがとう、吉野弘さん。どうぞ安らかに。

＊「祝婚歌」『現代詩文庫 続・吉野弘詩集』（一九九四 思潮社）所収

次の世代へ手渡すために
――河井酔茗「ゆづり葉」

「ゆずり葉」という木を知っていますか？

子供たちよ。
これは譲り葉の木です。
この譲り葉は
新しい葉が出来ると
入り代わつてふるい葉が落ちてしまふのです。

こんなに厚い葉

（二〇一四年三月）

こんなに大きい葉でも
新しい葉が出来ると無造作に落ちる
新しい葉にいのちを譲って――。
（「ゆづり葉」*より、『花鎮抄』一九四六　金尾文淵堂　所収）

わたしは、河井酔茗（一八七四～一九六五）のこの詩を読み、初めてその植物のことを知りました。「ゆずり葉」とは、「ユズリハ科の常緑高木。若い葉が生長してから古い葉が一斉に抜ける。世代交代、一家繁盛につながる祝木として正月の飾り等にも使われる」。そんな木だそうです。

子供たちよ
お前たちは何を欲しがらないでも
凡てのものがお前達に譲られるのです。
太陽の廻るかぎり

譲られるものは絶えません。

これを初めて読んだのは一三年ほど前。その時、とても敬虔《けいけん》な、愛情深い気持ちになったことを思い出します。わたしたちが与えられてきたもの、そして、次の世代の人たちのことを思い浮かべました。譲られてきた豊かなものを、しっかりと次の人たちへ手渡さなければいけない、と。

二〇一四年三月一一日。今、もう一度この詩を読む。東北地方太平洋沖地震と津波の影響により東京電力の福島第一原子力発電所で発生した大事故。あの日からちょうど三年。この国へ、わたしたちへ、今ふりかかっていること。自然、人間を含めた大きな世界へ、残してしまった取り返しのつかないものたちのことを考えます。わたしたちが譲られてきた豊かな自然。多彩で豊穣な風景が広がるはずの未来を、放射能にまみれさせてしまったこと。これ以上、こんなことを絶対にくり返してはいけません。

子どもたちに、それらを百年、千年、一万年——責任のとれないはるか先まで残してしまったことを、心から悔い改め、新たな一歩を踏み出してゆかなければ、懐かしいわたしたちの故郷は、二度と戻っては来ないでしょう。

世のお父さん、お母さんたちは
何一つ持ってゆかない。
みんなお前たちに譲ってゆくために
いのちあるもの、よいもの、美しいものを、
一生懸命に造ってゐます。

八二年前に、河井酔茗が私たちに教えてくれた「ゆずり葉」のこと。この詩を再び、敬虔ないとしい気持ちで読める日まで、たとえどんな苦労をしても、一歩ずつ、しっかりと積み重ねてゆきたいと思うのです。

＊『日本現代詩大系　第六巻』（一九七五　河出書房新社）を参照

春は生涯を支えていく

――高階杞一「人生が1時間だとしたら」

（二〇一四年四月）

あなたの春はいつですか。それはどんな形をしているのでしょう。毎年、春を迎えるたびに、ふっと思い出す詩があります。高階杞一《たかしなきいち》さん（一九五一～）の「人生が1時間だとしたら」。

人生が1時間だとしたら
春は15分
その間に
正しい箸の持ち方と
自転車の乗り方を覚え

世界中の町の名前と河の名前を覚え
さらに
たくさんの規律や言葉やお別れの仕方を覚え
それから
覚えたての自転車に乗って
どこか遠くの町で
恋をして
ふられて泣くんだ

そして、この詩は、こんなふうに終わります。

人生が1時間だとしたら
残りの45分
きっとその

春の楽しかった思い出だけで生きられる

この詩の収められた詩集『春ing《はりんぐ》』（一九九七　思潮社）を初めて読んだのは十数年前、勤務先で、さまざまな詩と格闘していた頃でした。「詩」が好きで入った会社だというのに、とても難解に感じる作品たちと幾つも出合い、「詩」って何だったっけ？　と戸惑いを感じていた時期でした。高階さんの作品群を読み、ふわっと肩の力がぬけ、ほほ笑みがあふれてきました。

「そうか。詩って、こんなに軽やかで自由で楽しくっていいんだ！」

暗い荒野にひとりぼっちだったわたしの心に、春が訪れたのです。

高階杞一さんの詩をもっと読んでみよう！　と、次に手にとったのが、『早く家《うち》へ帰りたい』（一九九五　偕成社）でした。この詩集を読み、高階さんご夫妻に、ほんとにかわいい一人息子の雄介君がいたこと、四歳の誕生日を前に小さな命を終えてしまったこと、さいごまで懸命に生きたことを知りました。

こどもがはじめて笑った日
ぼくの暗がりに
ひとすじの強いひかりがさしこんだ
生まれてはじめて見るような
澄んだあかるいひかり
その時
ぼくの手の中で
愛
という形のないものが
はじめて〈愛〉という形になった

（「愛」より）

祈りのような言葉たちが胸に突きささり、涙があふれてきました。
高階さんにとっての「春」というものに心を巡らせたのも、この時でした。軽やかで自由で暖かな「春」が胸に抱いている深く透明なかなしみ。

それぞれの人の心に「春」があり、それはきっと、その人を生涯、支えてゆくのでしょう。詩集『早く家《うち》へ帰りたい』は、二〇一三年の春に夏葉社より待望の復刊の運びとなりました。ぜひ、この言葉に、心に、ふれてみてください。

わたしはわたしになりました

――西尾勝彦「そぼく」

（二〇一四年五月）

あなたは「素朴」に生きていますか。いえ、そもそも「素朴」とは、一体どういうものなのでしょう。

高校教師でもある、奈良在住の詩人・西尾勝彦さん（一九七二年〜）の詩集『言の森』（二〇一二 BOOKLORE）の中に「そぼく」という詩があります。

いつからか
素朴に
暮らしていきたいと
思うようになりました

飾らず
あるがままを
大切にしたいと
思うようになりました

「素朴に暮らしていきたい」とねがう西尾さんは
日々、さまざまなことを発見してゆきます。

そうすると

雲を眺めるようになりました

猫がなつくようになりました

静けさを好むようになりました
鳥の声は森に響くことを知りました
（略）
朝の光は祝福であることを知りました

朝の光が祝福であることを知るなんて！　と、ときめくまもなく、「そぼく」の恩恵はまだまだ続きます。

遅さの価値を知る人たちに出会いました

一日いちにちが違うことを知りました

ゆっくり生きていくようになりました
鹿の言葉が分かるようになりました

なんと、鹿の言葉まで！　と笑っていると、この詩はこんな三行でしめくくられます。

雨音が優しいことを知りました
損得では動かなくなりました
わたしはわたしになりました

「わたしはわたしになりました」。この最後の一行に出合ったとき、不意に胸が揺り動かされる思いがしました。ここにいる「わたし」とは、本当に本来こうしたかった、こうありたかった「わたし」なんだろうか。

仕事や家事や、多種多様な義務や心配事、プライドや見栄や世間体に縛られ、追い立てられているうちに「素朴」な自分自身というものを失ってはいまいか、と。

二〇一四年の二月に、詩の気さくな学び場「Ｐｉｐｐｏのポエトリーカフェ（西尾勝彦／杉山平一の回）」を奈良で初開催しました。そのとき西尾勝彦さんがゲストでご登場くださり、初めてお目にかかることができました。詩や詩人について、奈良での自然に囲まれた暮らしのこと、ご家族のこと、率直に話してくださったのですが、ひとつ強く感じたことがありました。

質問を受けてから、西尾さんが言葉を発するまでの、なんとも深く長い静寂と、その快さです。そう、こんなふうにじっくり考えて、言葉を発することを忘れていたなあ、とわたしはまぶしく思いました。

西尾さんの新詩集『耳の人』（二〇一四　ＢＯＯＫＬＯＲＥ）も、ぬくもりのある詩が満載です。そぼくでゆっくりとした言葉に、ときにはふれてみませんか。

心配・悲しみ、あと回し

――山崎るり子「ゴマ和え」

（二〇一四年六月）

「台所」と聞いて、あなたはなにを思いうかべますか。あたたかく立ちのぼる湯気、野菜やお肉の下ごしらえ、リズミカルにまな板をたたく音。転がるトマトに、炊けたご飯のよい匂い――そして？

長野県生まれの詩人、山崎るり子さん（一九四九〜）の『だいどころ』（二〇〇〇　思潮社）という詩集の中に、「ゴマ和え」という詩があります。

台所に立てば
菜をゆすがなくてはなりません
菜をゆすいだら茹でなくてはなりません

台所に立てば
火はほうほう言うし
鍋はじんじんじんじんじん
そこで塩を一つかみ
菜が色よく茹だったら
水に放さなきゃならないし
そろえて絞ったら切らなきゃならないし
台所に立てば
重ねたお皿はカチャカチャカチャ

なんとまあ、次々に訪れるミッション！　ここに生き生きとえがかれるのは「ゴマ和え」をいざ作らん！　とたくましく奮闘する、そう、「お母さん」の姿です。

湯気やら煙やら

あっちから　こっちから
そらそらゴマがピチパチ跳ねて
アッチチ　鍋掴み鍋掴み
布巾　擂り鉢　菜箸　醤油

思わずクスッとほほ笑んでしまうような、てんてこまい。そしてこの詩は、こんなふうに結ばれます。

台所に立った途端にドミノ倒しがはじまって
ひっかかっている心配事は
こぼれ落ちそうな悲しみ事は
あと回しにしなきゃあ　なりません

わたしがこの詩に出合ったのは、一四年前。このさいご三行に触れたときの、驚きと切

なさは、今でも手に取るように思い出せます。

お母さん――。わたしの生まれ育った家族は、祖父に祖母に両親に、二人の兄に、犬たちという大家族でした。その真ん中で、温かく笑って、くる日もくる日もおいしいご飯を作ってくれた、お母さん。

その母の心配事や悲しみ事に、わたしは一度だって真剣に、思いをはせたことがあっただろうか。当り前のようにすぎゆく暮らしの中で、それを支え、見守ってくれている、一人の大きな存在のことを、この詩が教えてくれました。

この山崎さんの詩集『だいどころ』には、台所から見える風景、料理することそのものの楽しさ、家族それぞれのもつ悲しみや喜びが、まっすぐに、時にユーモアとペーソスをもって力強く描かれています。

雨がつづき、気分が落ち込むような日には、ぴったりの詩集です。

憎悪・争い、断ち切る勇気

──杉山平一「わからない」

（二〇一四年七月）

誰かに、不意に攻撃されたり、バカにされたりしたことがありますか。そしてそんな時、いったいどうすべきなのでしょう。

福島県出身、神戸を代表する詩人で映画評論家の杉山平一さん（一九一四〜二〇一二）が、九七歳の時に出した最後の詩集『希望』（二〇一一　編集工房ノア）の中に、「わからない」という詩があります。

お父さんは
お母さんに怒鳴りました
こんなことわからんのか

怒鳴られたお母さんは、「どうしてわからないの」とお兄さんを叱り、叱られたお兄さんは、「バカだな」と妹につっかかります。

ひとつの家族の場面が、ここに描かれています。相手が「わからない」ことへのいら立ち。強い者から弱い者へ、さらに弱い者へと続く攻撃の連鎖、負の連鎖。けれども、この詩はこんなふうに終わります。

妹は犬の頭をなで、
よしよしとい丶ました

犬の名はジョンといいます

そう、この中で最も力の弱いであろう妹は、犬をいじめないことを選びます。「よしよし」と、むしろ褒めたりします。犬は動物であり、わたしたちの世界を「わからない」者の代表です。

今、静かにこの詩に耳を澄ませると、詩人の強い祈りのような声が心に響いてきます。

「差別や憎悪、争い、悲しみがこの世界にあることは百も承知だけれど、君が傷ついていることも知っているけれど、せめて、それを連鎖させないで、断ち切る勇気を持とうよ」

杉山氏は戦前、二〇代前半で「四季」同人となり、非凡な才能で未来を嘱望されますが、父親が経営する工場を支えるため、戦中戦後の二五年ほどは詩作どころではない生活を余儀なくされます。その後、大学教授の座を得て、落ち着いて詩に取り組めるようになったのは五〇代を迎えた頃でした。

東日本大震災後には、人々を励ましたいと「希望」という詩を書きます。悲しみは列車のトンネルのように突然、私たちを闇の中に放り込むけれども、大丈夫。

一点

小さな銀貨のような光が

みるみるぐんぐん
拡がって迎えにくる筈だ

負けるな

（「希望」より）

この老詩人が長い長い生の道のりの終わりに、わたしたちに遺してくれた言葉。それは、平和への切ないほどの願いです。

以前、詩の会で「わからない」を朗読してくださった保育園の先生の言葉が優しくよみがえります。「犬の名はジョン。〈ジョイ〉に似てますね、〝喜び〟」

二、いのちのしずく

ただ一度きりの生を

——村山槐多「いのり」

神よ、神よ
この夜を平安にすごさしめたまへ
われをしてこのまま
この腕のままこの心のまま
この夜を越させてください
あす一日このままに置いて下さい
描きかけの画をあすも続けることの出来ますやうに。

（「いのり」より）

（二〇一四年八月）

もし、あなたの命があと少し、半年、あるいは一年ぐらいであると悟ったとき、あなたは、残り少ない「明日」を、どのように過ごそうと、どんなふうに生きようと思うでしょうか。

冒頭の詩は、二二歳という短い生涯のなかで、三〇〇もの詩篇をのこした画家・村山槐《かい》多《た》（一八九六〜一九一九）の「いのり」（『槐多の歌へる』一九二〇 アルス 所収）の一節。大正七年、亡くなる前年、自らの死期を悟った槐多のつむいだ言葉です。一〇代後半で早くも、そのあまりある絵画の才能を花開かせた槐多。彼は「俺はこの道で生きる！」と精力的に、そして無邪気に日々写生を続け、絵を描きながら、同時にきらめく詩の言葉もつむいでいました。

神よ
いましばらく私を生かしておいて下さい
私は一日の生の為めに女に生涯ふれるなと言はれればその言葉にもしたがひませう
生きて居ると云ふその事だけでも

いかなるクレオパトラにもまさります
生きて居れば空が見られ木がみられ
画が描ける
あすもあの写生をつづけられる。

いかなるクレオパトラにもまさる、という槐多にとっての「生」。わたしは、村山槐多ほど、あらゆる「美」に憧憬を抱き、それを熱烈に欲し、その手で創りあげんと、子どものように天真爛漫に追い求めた人間をほかに知りません。

しかし、その生涯は常に貧困との闘いでした。けれど、辛酸をなめるような生活の中でも、槐多はもっとも愛した「ガランス」（あかね色＝植物のあかねから作られる、高価な絵具）をふんだんに使い、絵を描き続けることを躊躇しませんでした。

こんなふうに全力で取りくめるものを見つけた人間が、どんなに強くなれるのか、そして、どんなに幸せかということを、槐多の絵を、詩を、見るたびに感じます。

一九一九年。二二歳と五ヵ月という若さで、結核性肺炎にて輝ける生を終えた村山槐多。そう、人間の生は、本当にそのただ一度きりなのです。

一九四五年八月。広島・長崎に原爆が投下され、多くの尊い命が無残にも奪い去られました。その日から六九年目の敗戦記念日を、わたしたちは迎えようとしています。

ゆるしの鳥、やさしい鳥

――菊田守「いいよどり」

（二〇一四年九月）

肯定の調べで鳴く鳥の声を、あなたは聴いたことがありますか。長年にわたって、小動物や昆虫の生と世界を詩に描き続けている、東京・中野区鷺宮生まれの詩人・菊田守さん（一九三五〜）の第一〇詩集『仰向け』（二〇〇一 潮流社）の中に、こんな詩があります。

いいよ　いいよと鳴いているいいよどり
いいよ　いいよと鳴いていた
ついこの間は何がいいよだ、馬鹿にするなと
追い払ってしまったので
しばらくは何処へか行ってしまった

いいよどり

（「いいよどり」より）

いいよ、いいよと鳴く鳥。ゆるしの鳥、やさしい鳥。そんな鳥が庭に、あるいはベランダに訪れて、気持ちよさげにさえずっていたら、なんだか頑張りすぎていることや我慢している心が、うわっとせきを切って、あふれてしまいそうです。

このとりが帰ってきて鳴いている
いいよ　いいよと
何故かこんどは親しみをもって
耳許でささやくように聞こえてくるのは
わたしが傷ついていて

こころを閉ざしていたからだろうか
そしていま
ひとりの時間をもてるようになったからだろうか

「馬鹿にするな」といったんは追い払った、いいよどりが、再び「いいよ、いいよ」と鳴いている。この鳥があの灰色のヒヨドリであること、「いいよ、いいよ」としか鳴けない鳥であることを、菊田さんは詩の後半で明かしています。

この詩に初めて出合ったとき、ああ、そういう人がいたなあと、不意に胸がいっぱいになりました。自分が傷ついて心を閉ざしてしまったとき、手をさしのべてくれた人、そのままでいい、「いいよ、いいよ」と言ってくれた人のこと。

ヒヨドリの声をこんなふうに聴くことのできる菊田さんという人は、いったいどんな人生を歩んできたのでしょうか。

九歳のとき、中野区で空襲に遭い、身をもってB29と戦争の恐ろしさを体験した菊田さんは、二〇歳の頃、安西冬衛の「春」という詩に心動かされ、詩作を開始。信用金庫に就職し、三〇歳で結婚。二人のお子さんを授かり、その後も三五年間、働きながら精力的に詩をかき続けます。

そして、この詩集『仰向け』が刊行されたのは二〇〇一年。菊田さん、六六歳。

今朝も
いいよ　いいよ　と
いいよどりの声が聞こえる
傷ついたこころに語りかけるように
優しく肩に手を掛けて勇気づける言葉のよう
いいよ　いいよと鳴いている

菊田さんがその生の実感とともに、詩に描き続けてきた小動物たちの姿は、わたしたちの悲しみや喜びにとても通じていて、さまざまなことを気づかせてくれます。

最新詩集は『雀』（二〇一四　土曜美術社）。どうぞ、ふれてみてください。

わたしの幸せというもの

――羽生槙子『縫いもの』

（二〇一四年一〇月）

わたしは　洋裁の内職をしたことを
生活の足し　労働
人生のまわり道をしたと思っていた
そうではないことに気づいたのは
わたしが年をとってから

（「子どもの服」より）

幼い日、ミシンに向かったり、縫いものをしている、お母さんの姿を見たことがありますか。

羽生槙子《はぶまきこ》さん（一九三〇～）の『縫いもの』（二〇〇五　武蔵野書房）という詩集は、一九四七年、戦後すぐに洋裁を習い始め、「人生の大きい部分を占めてきた」という「縫いもの」にまつわる詩で全篇が構成されています。詩はこんなふうに続きます。

わたしの子どもたちが小さいあいだ
わたしは　子どもたちの服を縫う時
「さあ　あんたたち　どんな衿がいいか
紙に書いてみてちょうだい」と言い
子どもたちは　それぞれ　自分が着たい衿の形に
袖の形もつけたりして見せてくれた
あれはわたしの幸せというものだった

つい先日、書店の詩の棚で、古いミシンの写真をあしらった可憐な装丁のこの詩集を見つけました。なにげなくページをめくっているうちに、一篇一篇に込められた羽生さんの思い、「縫いもの」とともに歩んできた、真摯な来し方、シンプルだけれど豊かで正直な言葉たちに、はげしく胸をゆさぶられました。

そして読みながら、浮かび、重なってきたのは、わたしが幼い日、足踏みミシンを軽快にあやつって、兄二人や私のこまごまとした小物や、洋服など作ってくれていた母の姿。

もう一篇、こんな詩もありました。

洋服を着たことがない母に
ゆかたで初めて夏の服を作ってあげた時
まかしといて　と胸をたたく気持ち
着なれない人でも着やすいように　と考えていると
衿なしのアッパッパ式になった

（「母の服」より）

羽生さんは、母の亡くなったずっと後に、それがまちがいだったと気づき、こう述懐します。

母の初めての服に
わたしは　母におしゃれなデザインを考えて
美しい服を作るべきだった
母は美しいものを着ていい
なのにわたしは　知らず知らず　母に
労働と貧しさの中にいる中年の女の人
という枠をはめ　そこからデザインを考えた
と　今恥じる

子どもたち、そして母親。家族の洋服を作る羽生さんの胸に去来するさまざまな感情の波。それは普遍的で、わたしには、連綿と繰り返される人間の営みの、かすかで、でも確かな光のように、きらきらと映りました。

虫のいのちとの交感
——立原道造「夏秋表」

（二〇一四年一一月）

私はふたつのさびしい虫のいのちと交感を持った。

信濃路に夏の訪れのあわただしい日、私は先生の山荘の庭に先生とならんで季節の会話のひまにその虫の声を聞いたのである。春蟬《はるぜみ》と言った。（中略）高原の空にはほととぎす、やぶうぐいす、閑古鳥などの唄がひびいていた。そのなかに、春蟬は彼のかなしい感傷の小曲をうたいあげたのである。

この秋、あなたはどんな虫の声を聴きましたか。これは、初夏から秋にかけての季節をこよなく愛した詩人・立原道造（一九一四～三九）の「夏秋表」（『日本の名随筆 18 夏』一

九八四　作品社　所収）という短い随筆の一節です。
初夏、先生の山荘を訪れ、出会った「春蟬」。羽も薄く緑がかって、普通の蟬よりも華奢な、五月から七月頃にかけて鳴く蟬だそうです。道造はその後、すっかりこの春蟬のことを忘れてしまっていたのですが、その後、また新たな虫と出会います。

やがて夏も逝き、秋も定まった一日、私はふたたび先生の庭に客となった。そのとき先生は虫籠を示され、その虫を草ひばりと教えられ、その姿に「仄《ほの》か」という言葉で註せられることを怠られなかった。

「仄《ほの》か」と一言添えられた「草ひばり」。小泉八雲、薄田泣菫《すすきだきゅうきん》らの作品にも登場するこの虫は、七月～一〇月に現れる、淡い黄褐色の体躯をもつコオロギ科の虫。雄は「フィリリリリー」と鳴き、道造はこの虫の声を初めて聴きます。

私は先生の書斎じゅうにせいいっぱいの魂を傾けつくしてうたい上げる草ひばりの唄を聞いた。私のもっとも潤沢のこの一刻に、私は、忘れていた春蝉のことを思い出し、この虫とあれと考え比べた。（中略）草ひばりの声は、純粋な白金で造られた精巧な楽器を稚拙な幼童がもてあそんでいるような、ぎりぎりのイロニイであった。

翌朝、草ひばりは籠から脱走。道造は草むらへ探しにゆきますが、どこかへ姿を消していました。

虫たちの出てくるこの随筆を読みながら、いつしかわたしは二四歳で若き命をおえた立原道造の精一杯の生を重ね合わせていました。

五歳で父を亡くし、商家を切り盛りする母親を支えながら、さびしい道造の心は、絵画や詩歌へのあふれんばかりの情熱に姿を変えます。二〇歳で東京帝大建築学科へ入学した頃には、戦前の代表的詩誌である「四季」最年少同人に抜擢《ばってき》され、華々しい活躍を遂げます。はるか遠くの美しいものを希求する繊細でやわらかな詩の言葉たち。ぎりぎりの風刺《イロニィ》を声を限りに奏でる草ひばりに、道造はおのれの生を共に響かせていたのでしょう。

華奢な体躯と澄んだまなざしをもつ道造から、きびしい冬を前に「なにか、やりのこしたことはない？」という、やさしい問いかけが、木の葉のように舞い降りてきます。

あきらめず、空へ高く
――黒田三郎「紙風船」

あなた方は
　正義のために
　　と仰言います
あなた方は
　祖国のために
　　と仰言います
あなた方は
　平和のために
　　と仰言います

（二〇一四年一二月）

（略）

あなた方は今まで何をなさったのですか
今こそ私は申します
　貧しく
　無力な
　妻や母や子や妹のために
すべての貧しく無力なものから
　小さな幸福と
　小さな平和と
　小さな希望を
　　取り上げて

それで
あなた方は
いったい何を守るというのですか

広島生まれ、鹿児島育ちの詩人・黒田三郎（一九一九～八〇）の三冊目の詩集『渇いた心』（一九五七　昭森社）の中の八章から成る長詩「妻の歌える」の一節です。この詩が、今もなおこんなにも胸に迫ることの不思議を思います。

中学時代から詩作を始め、戦前は周囲の影響もあり、モダニズム的な詩を書いていた黒田ですが、一九四五年、ジャワ島で兵役に従事。過酷な戦争を体験します。そして戦後の廃墟の中で、自分はひらかれた詩、民衆のための詩を書いてゆこう、と決意します。

翌一九四六年、黒田は日本放送協会（ＮＨＫ）に入局、結核を発病するも克服。大恋愛で結ばれた妻と二人の子どもを守るため、ときに大好きな酒で失敗しながらも、勤めに励み、生活者としての実感に満ちた平明で叙情豊かな詩をつむぎ続けます。

落ちて来たら
今度は
もっと高く

もっともっと高く
何度でも
打ち上げよう

美しい
願いごとのように
（「紙風船」より、『もっと高く』
一九六四　思潮社　所収）

七〇年代には、人気フォークグループが歌い、現代国語の教科書にも掲載されたこの詩を、記憶されている方も多いでしょう。

何度落ちてきても、あきらめず、空へ空へと打ち上げられる紙風船に、さまざまな困難に立ち向かい、営まれてきた人間の歴史が静かに重なってもくるようです。

ＮＨＫ退職後は、「詩人はもっと政治に対して勇敢になってゆくべきだ」との思いを胸に、政治活動にも積極的にかかわってゆきます。壺井繁治に続き、民主的な詩運動の団体「詩人会議」第二代運営委員長に就任。「民衆のための真の自由と民主主義をめざ」し、六一歳で亡くなる直前までその任務をまっとうしました。

「たかが詩人」と自らを呼んだ黒田三郎の、あくまで一市民として、率直にうたわれた詩の数々。それは日々を懸命に生きるわたしたちへの、小さな贈り物です。空高く打ち上げられる、あの紙風船のような。

（二〇一五年一月）

はなすものか、どんなことがあつても
――山村暮鳥「自分は光をにぎつてゐる」

おうい雲よ
いういうと
馬鹿にのんきさうぢやないか
どこまでゆくんだ
ずつと磐城平《いはきたひら》の方までゆくんか
（「雲」*より）

雲に呼びかける詩人、山村暮鳥《ぼちょう》（一八八四～一九二四）。その声はいかにものんきで朗らかそうです。かれの平明で素朴、一見牧歌的に思える詩篇たちを記憶している方も多いこ

とでしょう。その奥には、いったいどんな生涯があったのでしょうか。

群馬県の農家生まれの暮鳥は、父親の事業失敗や両親の不和のもと、幼くして労働に従事。年齢をごまかし、一五歳で尋常小学校の代用教員となります。教会の英語夜学校への通学をきっかけにキリスト教への信仰にめざめ、一九歳の時には東京の神学校へ入学。詩や短歌の創作を始めます。

卒業後はキリスト教伝道師として、秋田・仙台・水戸などを巡りながら、三五歳で結核を発症するまで熱心に布教活動を行います。行く先々の町や村で人々の相談にも乗り、親身に対応にかけずり回りました。

雲もまた自分のやうだ
自分のやうに
すつかり途方にくれてゐるのだ
あまりにあまりにひろすぎる
涯《はて》のない蒼空なので

おう老子よ
こんなときだ
にこにことして
ひよっこりとでてきませんか
（「ある時」*より）

はてのない青空に浮かぶ雲に、自分を重ね、不安を覚えながらもわが道を切り開いて進まんとする暮鳥。学校にも通えなかった境遇の中で、それでも英語を熱心に学んだり、独学でフランス語を習得したりと、勉学に対する真摯な姿が浮かびあがってきます。神を信じ、ひたむきに詩作に励み続けた暮鳥の生涯は、けれど常に貧困と、病気との闘いでした。愛する妻と娘たちをも、その貧困の渦に巻き込まざるを得なかった暮鳥の葛藤と、苦しみ。

冒頭に「妻、ふじ子にこの詩集を贈る」と記された『梢の巣にて』（一九二一 叢文閣）という詩集の中に、こんな詩があります。

自分は光をにぎつてゐる
いまもいまとてにぎつてゐる
而《しか》もをりをりは考へる
此の掌をあけてみたら
からつぽではあるまいか
からつぽであつたらどうしよう
けれど自分はにぎつてゐる
いよいよしつかり握るのだ
あんな烈《はげ》しい暴風《あらし》の中で
掴んだひかりだ
はなすものか
どんなことがあつても
おお石になれ、拳
此の生きのくるしみ

くるしければくるしいほど
自分は光をにぎりしめる
（「自分は光をにぎつてゐる」より）

暮鳥がどんな苦しみの中でも手放さなかった「ひかり」。それは、どんなにかおのれを信じ、支える力になったことでしょう。

また始まる新たな一年も、みなさん、それぞれの「ひかり」が、きっとともにありますように。

＊はいずれも『雲』（一九二五　イデア書院）所収

春の陽光がおだやかに

――草野心平「えぼ」

（二〇一五年二月）

いよう　ぼくだよ
出て来たよ
えぼがへるだよ
ぼくだよ

土中からはい出して来たいぼがえる君のおおらかな挨拶にびっくりしていると、それを見透かしたように、この詩はこう続きます。

びっくりしなくてもいいよ

光がこんなに流れたり崩れたりするのは
ぼくがぐるぐる見まはしてゐるせゐではないだろ
やりきれんな
まつ青だな
匂ひがきんきんするな
ホッ　雲だな

これは、喜び、苦しみ、地べたをはいずりながら、それでもなお命を輝かせて生きる蛙たちの詩を数多く遺した草野心平さん（一九〇三〜八八）の活版第一詩集『第百階級』（一九二八　銅鑼社）より「えぼ」という詩です。

長い冬を終え、地表に出て来たえぼ君は、春の光を浴び、その匂いをぞんぶんに吸い込みながら、もう元気に声をあげている仲間たちを見つけます。

そっちでもこっちでも鳴き出したな
けっとばされろ冬
まぶしいな
青いな
ゲコゲコグルルルー
春君
ぼくだよ
いつもの「えぼ」だよ

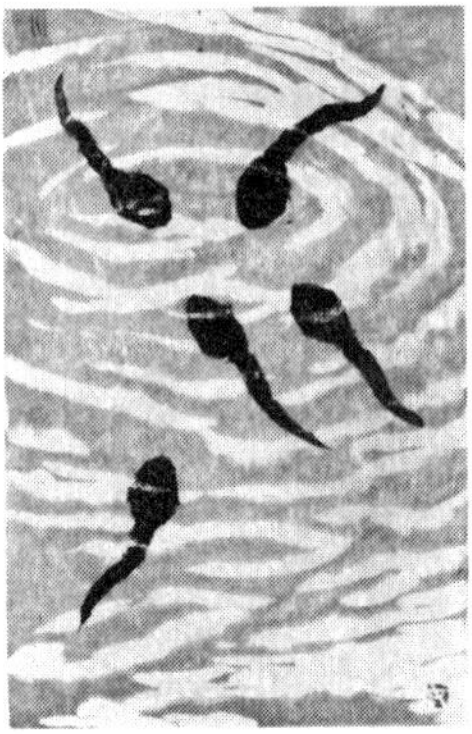

こんな詩をつむぐ心平さんはいったい、どんな生い立ちなのでしょうか。福島県出身の心平さんは、若くして海外への憧れを強く抱き、英語・北京語を学び、一八歳で中国・嶺南大学に入学しました。夭逝《ようせつ》した兄の影響で、同級生たちから「機関銃」と呼ばれるほどに詩を書きまくります。

そして当時、自費出版された宮澤賢治の『春と修羅』に感銘をうけ、生涯にわたり賢治の広報・応援団長として尽力します。同人誌「銅鑼」を創刊し、抗日運動が激化する中国から、心ならずも日本へ戻ってきたのは一九二五年、二二歳の時。貧しい暮らしのなか「銅鑼」の刊行を続け、多くの詩人たちと交流します。二五歳で結婚。前橋の借家へ移り住み、定職もなく、家賃の支払いにも事欠くような貧窮生活でしたが、第一詩集の刊行や同人誌「学校」を創刊するなど、朗らかにエネルギッシュな文学活動を展開してゆきます。

蛙はでつかい自然の讃嘆者である
蛙はどぶ臭いプロレタリヤトである
蛙は明朗性なアナルシスト（註・アナーキスト）
地べたに生きる天国である

『第百階級』の序におかれた、この言葉。心平さんが蛙の中へ入り込み、一体化しながらつむいでくれる詩の言葉たちは、そのまま、わたしたちの喜びやかなしみと、ひとすじにつながっています。

春君
ぼくだよ
いつもの「えぼ」だよ

目をつむり、こう口ずさめば、春の陽光がおだやかにさしてくるようです。

懸命だった若き日々

――高田敏子「春の渚」「リンゴの花」

失ってしまったあとで
ひとははじめてその大切さに気付く

私が若かったとき
よくひとからいわれた
「きれいな肌ね」
「つややかな髪ね」
私は大切にしただろうか
肌を髪を　いいえ　〝若さ〟をさえ

（二〇一五年三月）

若かった日々のことを、思い出すことはありますか。春の渚でまぶしい若さにであって、ふと若き日の自分に思いをはせる――。これは、「お母さん詩人」とも呼ばれた、高田敏子さん（一九一四〜八九）の「春の渚」（『月曜日の詩集 続』一九六三 河出書房新社 所収）の冒頭です。

一〇代半ばで詩を書き始めた高田さんは、二〇歳で商事会社に勤める男性と結婚。「自立した働く女性」に憧れを抱きながらも、慌ただしく夫の任地である満州のハルビン（現・中国）へ渡ります。夫は仕事や接待などで大忙し。さびしい思いを胸に、異郷の地で、一人めの女の子、純江さんを授かったのは二一歳の時でした。その後も二人のお子さんを授かりました。

戦争を経て東京へ戻り、高田さんが再び詩に取り組んだのは三〇代半ば。所属した現代詩のグループで「お母さん」「奥さん」ではなく、「高田さん」と名前で呼ばれたことが新鮮で、うれしくてたまらなかったそうです。そんな高田さんに転機が訪れたのは四六歳の時でした。「朝日新聞」家庭欄に毎週、写真付きの詩の連載を開始。日常の喜びや葛藤、悲しみがテーマのそれらの詩は、主婦層を中心に熱烈な支持を得て、一躍、詩人・高田敏子の名を広めることとなります。

そして、詩人でありながら、良き母親でもあろうと決意した高田さんは、三人の子どもを愛情いっぱいに育てます。詩を書き始めるのは決まって、家族が寝静まった夜遅くでした。その長い生涯、良き詩人、良きお母さんであろうとした高田さんの心と詩への情熱を思うと、胸がふうっと熱くなります。

高田さん没後、長女の純江さんの手で整理された未刊詩篇からなる詩集『その木について』(一九九一　花神社)の中に、晩年に書かれた「リンゴの花」という詩があります。

「人生って　早いのね　お母さん」
娘が言った
私もいまそのことを思っていたのだった
病室の窓から見える空には浮雲
(略)

私の病気は案じるほどではないのだが
病室に毎日来てくれる娘

そして高田さんは、純江さんの生まれた日のこと、二一歳だった自分に思いをはせます。

「もうすぐ雛祭りね」
話題を変えながら私は
娘を抱いてはじめて外に出たハルビンの春の日
庭にリンゴの花の咲いていたことを思っていた

がむしゃらで一生懸命だった若い日々。高田さんの詩は、そんな日々こそが、その人の長い生涯を支えてゆくのだと、そっと教えてくれるようです。

地球とぶ靴と世界の田舎
――佐藤惣之助「船乗りの母」

（二〇一五年四月）

あなたはどんな靴をもっていますか。そして、明日はどこへふみだしてゆくのでしょう。

荒磯の春というものは、地上がまだ荒涼としている冬の内に、もうそろそろやって来ているのである。海草の芽は冬の内に生える。そしていよいよ陸上の春が来て、人間が春の磯遊びにゆく頃には海草もかなりのびて、新芽を喰いに来た魚族は更に深みへ移り、温い潮につれていろいろに移動する。

（「荒磯の興味」より）

先日『日本の名随筆4　釣』（一九八二　作品社）という本を読んでいたら、こんな一節に出合いました。釣り好きの、川崎市生まれの詩人・佐藤惣之助《そうのすけ》（一八九〇〜一九四二）の文章です。作詞家としても知られ、「阪神タイガースの歌（六甲おろし）」を口ずさんだことのある方も多いでしょう。

そして佐藤は、魚たちが活動をはじめる冬から、早速に荒磯で釣りをはじめる釣り人たちをじつに力強く活写します。

これを読みながらわたしは、幼い頃、今は亡き父親にくっついていったさまざまな海釣りを思いだしていました。千葉、大洗海岸、知多半島や八丈島。いつだったか皆で釣船で沖に出たときは、竿に六〇センチぐらいのワラサ（ブリ）がかかり、その重さで体が海にのみ込まれそうになったこともありました。あの地球に引きずりこまれそうな感覚や興奮は、今でも忘れられません。

また、こよなく海を愛し、世界を愛した、佐藤惣之助は、こんな詩も書いています。

息子は青い地球の玉を

二度も三度も廻つて来た
柘榴色の日のさす横の方の海原にゐたり
真下の異国の港にゐたり
赤道の帯を幾度もまたいで来た

しかし母は田舎にゐて
忍冬《すいかずら》や野茨でこんがらかつた
垣根の内へ鶏をおひこみながら
いちにちぼろを縫つてゐる

（「船乗りの母」より、『華やかな散歩』
一九二二 新潮社 所収）

息子が船で二度も三度も地球を飛びまわる間に、じっと田舎にいて、ボロを縫い、垣根へ鶏をおいこむ母の姿。それは、さびしいこと？ つまらないこと？ いいえ。

この詩はこんなふうにおわります。

世界は大きい
地球も大きい
息子は地球をとぶ靴を持つてゐる
しかしどこへも行かない母親は
世界の田舎をもつてゐる

「世界の田舎をもっている」とは、なんとまあ、温かく大きなまなざしでしょうか。四月、新たな場所で、また変わらぬ場所で、ふみだされるあなたの新たな一歩。それを見守りささえる、故郷のような存在にも、やさしい陽がどうかともに差しますように。

（二〇一五年五月）

迫り来る死にむきあう
――高見順「魂よ」「花」

魂よ
この際だからほんとのことを言うが
おまえより食道のほうが
私にとってはずっと貴重だったのだ
（「魂よ」より、『死の淵より』一九六四 講談社 所収）

福井県出身の詩人、小説家の高見順（一九〇七～六五）が晩年、食道がんにおかされ、そのきびしい闘病生活の中でつむいだ詩の冒頭です。

この詩集を手にしたのは、十数年も前のこと。わたしの父親も末期のがんであることが分かって自宅療養中で、高見さん同様に食道を失ったばかりの頃でした。

私立の中高一貫校の国語教師だった父は、芥川や鷗外などの純文学を愛する文学青年。酒や釣りや園芸を好み、なにより家族を愛した、とても優しい人でした。幾度も同行した釣り、好きな作家や本の話をした日々は、幼い私を育んだ大きな温かな時間でした。

そんな父が病に倒れ、もう命が長くないことを知りながら、家族で看病にあたった日々。父は病の進行で痩せ衰えながら、次第に怒りっぽく、不機嫌をあらわにしはじめました。優しかった父が、人が変わったようになってゆくことが、わたしはひたすら悲しくてたまりませんでした。そんな時この詩を目にしたのです。

食道が失われた今それがはっきり分かった
今だったらどっちかを選べと言われたら
おまえ　魂を売り渡していたろう

（略）

魂よ
わが食道はおまえのように私を苦しめはしなかった
私の言うことに黙ってしたがってきた
おまえのようなやり方で私をあざむきはしなかった

肉体の痛み、迫りくる死にむきあい、闘い、高見順が放った言葉。そこでわたしは気付いたのです。父親のほんとの魂が、病によって苦しめられ、傷ついて、助けを求めているということを。ガチガチにこわばっていた心がすっとほどけ、わたしに穏やかな心が戻ってきました。

それから半年で、父はこの世を去りましたが、安らかな気持ちで最期まで見守れたことを、思い出します。

同書にもう一篇、「花」という詩があります。病床に皆がもってきてくれるカトレアやバラなど、豪華なお見舞いの花々。それに対し、好意にケチをつけるようで申し訳ないがといいつつ、高見さんはこう書きます。

人間で言えば庶民の
ごくありきたりの　でも　けなげな花
甘やかされず　媚びられず
自分ひとりで生きている花に僕は会いたい
つまり僕は僕の友人に会いたいのです
すなわち僕は僕の大事な一部に会いたいのです

名もなく、誰にもほめられず、それでも懸命に「自分ひとりで生きている花」。それを、僕の友人であり、大事な一部という高見さんの言葉も、静かに胸にしみわたります。

いのちのすばらしい痛さ
――吉原幸子「あたらしいいのちに」

（二〇一五年六月）

あなたは、わたしは、一体どんなふうにこの世に生をうけたのでしょう。そしてどんな痛みを、感じてきたのでしょう。

おまへにあげよう
ゆるしておくれ　こんなに痛いいのちを
それでも　おまへにあげたい
いのちのすばらしい痛さを

あげられるのは　それだけ

痛がれる　といふことだけ

（「あたらしいいのちに」より）

これは、詩人・吉原幸子さん（一九三二〜二〇〇二）の第一詩集『幼年連祷《れんとう》』（一九六四　歴程社）に収められた、四章から成る「幼年連祷」の内の一篇です。ここには吉原さん自身の幼年の記憶や、成長の過程でのかなしみ、痛みがモチーフとなった詩が多く、一人の人間の生の物語を見ているようでもあります。

幼い日のかなしみをうたう、こんな一節もあります。

それがどんなに　まばゆいことだったか
大きくなったからこそ　わたしにわかる

（略）

いちどのかなしさを

いま　こんなにも　だいじにおもふとき
わたしは〝えうねん〟を　はじめて生きる
（「喪失ではなく」より）

誰にも「いちど」きりしかない幼年期の感受性、かなしみ。それをたぐり、大事に思うことで、そのときを初めて生きられるのだとは、なんと示唆深い言葉でしょう。

利発でやんちゃな幼年期をへて、一〇代で詩と詩作にめざめた吉原さんは、戦時中の疎開後、二〇歳で東大仏文科に入学。詩作とともにかねてより傾倒していた演劇活動にのめりこみます。才気に満ち、美しく凜としたたたずまいでキャンパスを闊歩する吉原さんは、皆の憧れの的でした。けれどその内面は、あふれる情熱や強い意志と、非常に繊細な心とのはざまで、自身が傷つき、痛みを覚えることも多かったようです。

そして二六歳で結婚。初めての子である純さんを授かったのは一九六一年、二九歳のときでした。

あげられるのは　それだけ
痛がれる　といふことだけ
でもゆるしておくれ
それを　だいじにしておくれ
耐へておくれ

（「あたらしいいのちに」より）

自らが強い痛みをおぼえながら、それでも獲得してきた、かけがえのない生の瞬間瞬間。「いのちのすばらしい痛さ」。この世へ生まれいずる新たな生が、やがて感じ、覚えるであろう「痛み」に、こんなにも寄り添い、祈りをささげられることの尊さを、この詩人が教えてくれました。

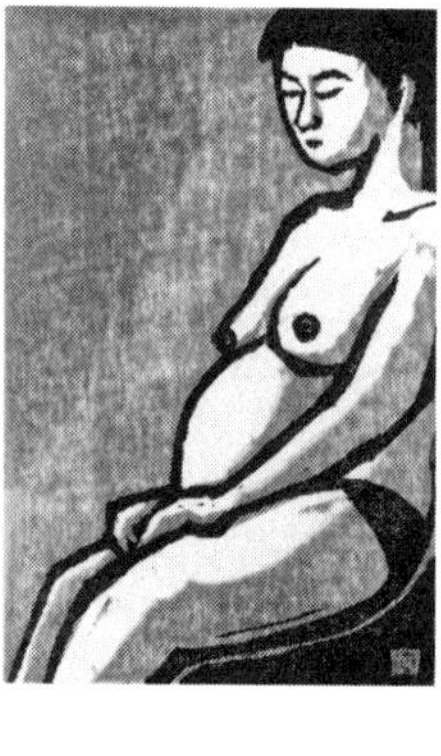

一心に追い求めた道
――山之口貘「生活の柄」

（二〇一五年七月）

あなたの生活は、どんな色、どんな形をしているのでしょう。そしていったい、どんな柄《がら》をしていますか。

歩き疲れては、
夜空と陸との隙間にもぐり込んで寝たのである
草に埋もれて寝たのである
ところ構はず寝たのである
寝たのであるが
ねむれたのでもあつたのか！　（「生活の柄」より）

フォークシンガーの高田渡さんが曲をつけてうたったこの詩に、見覚え、聞き覚えのある方もきっとおられることでしょう。

このごろはねむれない
陸を敷いてはねむれない
夜空の下ではねむれない
揺り起されてはねむれない
この生活の柄が夏むきなのか！
寝たかとおもふと冷気にからかはれて
秋は、浮浪人のままではねむれない。

まるで地球の懐ろに抱かれ、あやされているような、スケールの大きさ！　この詩を書いたのは、貧窮や生活の苦労、また震災や戦争の中でも、明朗さや誇りを失わず「詩」をつかんで手放さなかった、沖縄県那覇区生まれの詩人〝バクさん〟こと山之口貘（一九〇三～六三）です。

幼い頃に兄の手ほどきを受け、描きはじめた絵とともに、バクさんは一五歳で詩作を開始します。以来、かれはひたすらに「詩人」になることを夢見、日々、自分の表現を突きつめてゆきます。

一九二二年に愛する沖縄を離れて上京、日本美術学校に入学しますが、一ヵ月で退学。翌年には関東大震災に遭い、帰郷するも実家は破産、一家は離散していました。この頃より、沖縄と東京を行き来しながら、公園や野原、海岸で寝起きするような野宿浮浪生活が始まります。三度目の上京を果たした二七年から一〇年ほどは定職も得られず、さまざまな肉体労働をしながら、詩を書きつづけました。

そして三七年に結婚。アパートに小さな新居を構えるのですが、初上京の日からこの時まで一六年間「畳の上に寝たことはなかった」と語っています。

そんなバクさんが念願の第一詩集『思弁の苑《その》』（むらさき出版部）を出したのは翌一九三八年、三五歳のとき。うれしさのあまり、「女房の前もかまわずに声はりあげて泣いた」と詩にも書いています。

どんな苦労もいとわず、一心に追い求めた詩人への道。よい詩を書きたいという思い。いま改めてこの詩を読むと、大切なものを胸に抱いて生きるすべての人たちの「生活の柄」へのバクさんの温かなまなざしが、透けて見えてくるようです。

鎮魂と平和への意志と

——原民喜「コレガ人間ナノデス」

コレガ人間ナノデス
原子爆弾ニ依ル変化ヲゴラン下サイ
肉体ガ恐ロシク膨脹シ
男モ女モスベテ一ツノ型ニカヘル
オオ　ソノ真黒焦ゲノ滅茶苦茶ノ
爛レタ顔ノムクンダ唇カラ洩レテ来ル声ハ
「助ケテ下サイ」
ト　カ細イ　静カナ言葉
コレガ　コレガ人間ナノデス

（二〇一五年八月）

人間ノ顔ナノデス

（「コレガ人間ナノデス」）

原民喜（一九〇五〜五一）を知っていますか。一〇代より詩や俳句、小説を書き、非常に繊細な心の持ち主であった民喜は、一九四五年八月六日、郷里・広島にて被爆するも、一命をとりとめます。そして、持っていた手帳に原爆被害の惨状を克明に記してゆきます。

今、ふと己れが生きていることと、その意味が、はっと私を弾いた。このことを書きのこさねばならない、と、私は心に呟いた。

（「夏の花」より、『小説集 夏の花』一九八八 岩波文庫 所収）

そして、原爆症の不安や飢えに脅かされながら、短編小説「夏の花」や冒頭のような詩の数々を書きあげます。原爆のすさまじさを目の当たりにしながらも、感情を抑え、静かな筆致でつづられたこれらの作品で、彼の名を知った方も多いのではないでしょうか。

わたしも、小中学校時代に教科書に掲載されていた原爆にまつわる作品で民喜と出会い、その文学に心震わせた一人でした。そう、民喜は「原爆詩人・原爆作家」と、しばしば呼ばれます。けれど「原爆詩人」とは一体なんなのでしょう。その言葉にかれという人間を集約し、通過してしまうことの乱暴を、今改めて己れの胸に問い直しています。

かけかへのないもの、そのさけび、木の枝にある空、空のあなたに消えたいのち。
はてしないもの、そのなげき、木の枝にかへってくるいのち、かすかにうづく星。
（「かけかへのないもの」）

これは、一九四四年九月に最愛の妻を結核で亡くした民喜が、妻を追憶し、鎮魂の祈りをささげるように書かれた詩です。純粋で傷つきやすい魂を持つ民喜を守り、励まし続けた貞恵さんを亡くしてからの民喜は、彼女に語りかけるように手記を書き続けます。そのさなかの被爆でした。

この体験は、妻を亡くし幽鬼のように生きていたかれを、再び文学者として奮い立たせます。妻への祈りは、広島・長崎を襲った未曽有の惨禍で失われた多くの人々の命への鎮魂、平和への強い意志へと形を変え、重なってゆきます。

戦後七〇年を迎えた七月に、先の二篇も収録の岩波文庫『原民喜全詩集』が、八月には、被爆以前の初期短編集『幼年画』(サウダージ・ブックス)が刊行されました。民喜が自らこの世を去って六四年。もう一度、かれの祈りのような言葉たちに耳を傾けてみませんか。

厳しい生に灯りともす
——高橋元吉「十五の少年」

（二〇一五年九月）

高橋元吉（一八九三〜一九六五）を知っていますか。群馬県出身の詩人であり、前橋市を代表する書店「煥乎堂」の三代目店主です。わたしが高橋元吉の名を初めて知ったのは一五年ほど前、古本屋で買い求めた文庫本——一冊のプロレタリア詩集でした。そこに、こんな詩を見つけたのです。

十五の少年
東京で靴磨きをしてゐた
うまくゆかないのであらう
職を求めて大阪へ行つた

大阪にも職はなかつた
東京へ戻るため汽車に乗つた
その汽車のなかで　少年は服毒した
苦しみ出したので助けられた
遺書があつた
遺書にはかう書いてあつた
もうこれ以上は悪いことをしなければ
生きてゆかれません

（「十五の少年」*）

「もうこれ以上は悪いことをしなければ生きてゆかれません」。一読、胸をつかれて、動けなくなりました。一五歳でそんなことを書きのこして、自ら命を絶たねばならなかった少年。悪いことをしたくないばかりに自死

を選んだことで、その心の正直さと善良さが切なく浮き彫りになってくる。こんな詩を書く高橋元吉とは、一体どんな生をおくった人なのでしょうか。

高橋元吉は、前橋市で書店「煥乎堂」を営む両親の元に生まれ、小学生の頃から文芸に親しみ、詩や短歌を創作するようになります。一六歳で前橋中学を卒業後は、旧制第一高等学校に進学するつもりでしたが、父の指示で断念。ただちに東京・神保町の三省堂書店へ入社し、厳しい指導の下、業務見習いとして働きはじめます。

その後、一九歳で煥乎堂に入社し、二三歳で結婚。長男の出生を経て、二代目の兄が亡くなった一九四三年、業績の傾きかけていた煥乎堂の三代目となります。

そして一九四五年八月九日の空襲で、店は全焼。焼け残った倉庫で業務を再開しますが、ほぼゼロからの再建への道のりは真に険しいものでした。けれども、元吉は確固たる信念と尋常ならざる努力で、従業員たちと力を合わせ、見事に書店を復活させ、再び経営を軌道にのせました。

若い頃から続けていた詩作は、元吉の心の支えであり、大きな励ましだったのです。二〇代から三〇代後半までに三冊の詩集を刊行した後は、出版の意図もなく、こつこつと詩

作を続け、ポケットに入るような小さな手帳に、およそ一七〇〇篇もの詩を書いていま
す。冒頭の「十五の少年」も、その手帳に記されていた詩です。
　詩人としての名誉も欲さず、厳しい生に灯りをともすように書いていた詩。詩人である
前に、書店経営者として生活者たらんとした高橋元吉。それでも思うのです。かれは、正
真正銘の詩人であった、と。

＊「十五の少年」『草裡Ⅱ』（一九五三　煥呼堂）所収

三、言葉のかほり

珈琲

珈琲の香にむせびたる夕より夢見る人となりにけらしな　　吉井勇

「馥郁《ふくいく》とした珈琲の香りを胸一杯にすいこんだ夕べより、夢見る人となってしまったようだ」――今の言葉にしてみたら、こんなふうに訳せましょうか。これは、退廃的で官能的な酒と恋愛の青春をみずみずしく歌い、明治末期の青年たちを魅了した吉井勇の処女歌集『酒ほがひ』（明治四三　昂発行所）におさめられている短歌です。

今ではわたしたちの生活に当たり前のように溶けこんでいる「珈琲」ですが、その起源は大変古く、こんな一説もあります。ときは六世紀、古代アビシニア（現エチオピア）の山羊使いの少年詩人・カルディくんが、なかなか帰ってこない山羊たちを探しに行きました。すると、森の奥で山羊たちが緑の木の葉と赤い実を食べ、魔法にかかったように興奮して走り回っているのを見つけます。そこで、一緒にその葉と実を噛んでみたところ、疲れが吹き飛び気分が爽快になったそうで、これが「珈琲」の発見であるとか。いやはや、カルディくん、お手柄ですね！　そして、一〇世紀頃からアラビアでイスラム教徒の秘薬として飲まれ始め、一四世紀にはコンスタンチノープル（現トルコ）に世界初の珈琲店「カーネス」が誕生するなど、次第に世界へと広まってゆきます。けれど江戸時代、鎖国の長かった日本へ珈琲が普及しはじめるのはかなり遅く、明治時代（一九〇〇年代初頭）のことでした。

「珈琲」　木下杢太郎

今しがた
啜って置いた
MOKKAのにほいがまだ何処やらに

残りゐるゆゑうら悲し。
曇つた空に
時時は雨さへけぶる五月の夜の冷《ひやこ》さに
黄いろくにじむ華電気、
酒宴のあとの雑談の
やや狂ほしき情操の、
さりとて別に是《これ》といふ故もなけれど
うら懐しく、
何となく古き恋など語らまほしく、
凝《じつ》として居るけだるさに、
当《あて》もなく見入れれば白き食卓の
磁の花瓶にほのぼのと薄紅の牡丹の花。
珈琲《かふえ》、珈琲、苦い珈琲。

（『食後の唄』大正八　所収、初出は「三田文学」明治四三　七月号）

こちらは、医学博士としても知られる詩人・木下杢太郎《もくたろう》の詩。酒宴のおわった五月の夜、今しがた啜《すす》っていたモカ珈琲の匂いが心身のだるさと溶けあって、少し狂気をかもしながら濃厚に部屋にたちこめている、そんな雰囲気と情緒が感じられます。

明治二一年の春、東京上野に「可否茶館」という本格的なコーヒー店が開店したのを皮切りに、明治四〇年代には、西洋より伝来した「五色の酒」なる美酒で流行に敏感な若者たちを楽しませた西洋料理店「メエゾン鴻の巣」（日本橋・明治四三）、「カフェ・パウリスタ」（銀座・明治四三）、「カフェー・プランタン」（銀座・明治四四）など、珈琲を提供する店が続々と開店しました。当時、若き医学生だった杢太郎は「メエゾン鴻の巣」の常連でもあり、舶来の珍しい洋酒のことなども美しく詩にうたっています。ただ明治期には、まだ珈琲は高価で一般庶民には手が出しにくいものでした。けれど、水野龍《りょう》氏の手がけた店「カフェ・パウリスタ」では、当時としては破格の安値である一杯五銭で美味しい珈琲を提供し、日々爆発的な来店者数を誇ったそうです。

やはらかに誰が喫《の》みさしし珈琲ぞ紫の吐息ゆるくのぼれる

北原白秋

（『桐の花』大正二　東雲堂書店　所収）

こちらは北原白秋の短歌。誰かの飲みさしの珈琲、そして立ちのぼる紫煙を思わせる「紫の吐息」。「やわらかに」は、どこにかかっているのでしょう。この珈琲、それを飲む、あるいはくつろぐ人たち。珈琲のある風景全体を包みこむような、大きなまなざしが感じられます。

「山」

山村暮鳥

と或るカフヱに飛びこんで
何はさて熱い珈琲を
一ぱい大急ぎ

女が銀のフオークをならべてゐる間も待ちかねて
餓ゑてゐた私は
指尖《ゆびさき》をソースに浸し
彼奴の肌のやうな寒水石の食卓に
雪のふる山を描いた
その山がわすれられない

（『風は草木にささやいた』大正七　白日社　所収）

群馬の農家に生まれ、キリスト教の伝道師としても熱心に活動を続けた、詩人・山村暮鳥の詩です。かれの生涯は、常に貧困と病気とのたたかいでしたが、自然や人間に対する大らかな愛とやさしさは、終生失われることはありませんでした。「山」は晩年の作ですが、仕事の合間にせわしげに珈琲を飲み、指先につけたソースで描いた「雪のふる山」にかれはなにを想っていたのだろう、と強い余韻を残します。

明治時代から大正期にかけては、文学の世界においても、森鷗外・上田敏《びん》・堀口大學らにより、西洋の名詩が続々と翻訳・紹介され、発奮した日本の若き詩歌人たちが、その表現を競い合い、色とりどりの詩の花を咲かせた時期でもあります。

冒頭の歌人・吉井勇、木下杢太郎、北原白秋などは、それらに負けない「新しい詩」を創り出そうと闘志を燃やした、詩歌と美術の融合的サロン「パンの會」(明治四一年〜明治末期)の中心メンバーです。そんな若き詩人や芸術家たちの熱狂のかたわらに立ちこめる珈琲の薫《かお》りが、一〇〇年のときをこえ、夢をのせて、静かに漂ってもくるようです。

旅

しめやかにリユクサンブルの夕風が旅の心を吹きし思ひ出　　与謝野晶子

（『心の遠景』昭和三　日本評論社　所収）

旅を愛し、温泉を愛した歌人といえば与謝野晶子ですが、明治四五年五月には、渡欧していた夫の与謝野鉄幹を追って日本を脱し、フランスは巴里《パリ》へと渡っています。夫妻の巴里での宿はリュクサンブール公園のほど近くだったそうで、ゆっくりと暮れる夏の陽や、そこへ吹く夕風がノスタルジックな色調をおびて目に浮かんでくるようです。またこの歌は、巴里滞在より十数年をへた大正一三年に発表されており、時間をへて思い出へとかわりゆくせつなさもほのかに感じられます。

しかし、このとき晶子三四歳。八人の子どもたちをのこし、夫を追ってひとり巴里へと旅立つなんて、やはり情熱の人ならではの行動力でありましょう。

「ニッパ椰子《やし》の唄」（抄）

金子光晴

両岸のニッパ椰子よ。
ながれる水のうへの
静思よ
はてない伴侶よ。

文明のない、さびしい明るさが
文明の一漂流物、私をながめる。
胡椒《こしょう》や、ゴムの
プランター達をながめたやうに。

「かへらないことが
　最善だよ。」
それは放浪の哲学。

ニッパは
女たちよりやさしい。
たばこをふかしてねそべってる。
どんな女たちよりも。

さて次は、若き日のアジア・ヨーロッパ放浪にて、『ねむれ巴里』をはじめ「放浪四部作」と呼ばれる魅力的な紀行ものこしている詩人・金子光晴。この「ニッパ椰子の唄」（『女たちへのエレジー』昭和二四　創元社）には、マレーシア・バトパハ滞在でかれのみた、川の水面に大らかに葉を広げるニッパ椰子が登場します。「かえらないことが最善」「ニッパは女たちよりやさしい」などの言葉は、旅の感慨というよりも、身も心もその場所に放り出し、精神をしなやかに示しつづけるニッパ椰子と、光晴の在りようがひびきあう、美しい調べのようです。

「心」

林芙美子

旅づかれのした古トランクです
鏡と汚れたパフと
呆けたオルゴールと
古絵葉書と
空白の日記帳に
序文のない古本。

窓のない部屋です

蒼ざめた薔薇と
魚の静物と
恋文一束
爪剪り道具《き》に
唄えない九官鳥。

こちらは二七歳で刊行した自伝的小説『放浪記』の大ヒットで一躍その名を轟《とどろ》かせた、林芙美子の第二詩集『面影』（昭和八　文学クオタリイ社）より「心」という詩です。旅こそ我が心、という芙美子が、自ら「旅に疲れた古いトランク」に成り代わって話し始めたかのような不思議な味わいがあります。お金も名誉もなく、それでも卑屈になることなく、自由闊達な精神でつづられた芙美子の詩や小説は、当時の閉塞的で暗い世を生きる人々の心をどんなに励ましたことでしょう。わたし自身そう時々に考えては、彼女の強く耀《かがや》く言葉を思い出します。

歩かない日はさみしい、飲まない日はさみしい、作らない日はさみしい、ひとりでゐることはさみしいけれど、ひとりで歩き、ひとりで飲み、ひとりで（俳句を）作つてゐることはさみしくない。

また、昭和五年一〇月二〇日の日記（『定本山頭火全集②』一九七二 春陽堂）にこう記したのは、不幸な出自や幼年時代をへて、生涯を放浪、乞食行脚の旅に捧げた、自由律俳句を代表する俳人・種田《たねだ》山頭火《さんとうか》です。

炎天をいただいて乞ひ歩く

歩きつづける彼岸花咲きつづける

家を持たない秋がふかうなつた

酔うてこほろぎと寝てゐたよ

山頭火が、山々で自然や草花を眺め、ときにどしゃ降りや雷に打たれながらも、歩きつづけてゆく道。食べ物や衣類等の施しを受けつつ、虫や鳥たちと出会い、自然と同一化しながらすすんでゆくなかで、ぽっと浮かんだ思念をそのまま口に出したかのような自由な俳句たち。これらを見ていると、心がふわっと解放されるような気持ちになってきます。

もりもりもりあがる雲へ歩む

こちらはそんな山頭火の、辞世の句。こんな辞世の句があっていいのでしょうか！　長い長い旅の終わりに、地上ではなくもはや空へとその歩みをむけたかれの魂は、今はどこにどんなふうに在るのでしょう。旅や孤独とは、きびしさやさびしさであると同時に、大いなる自由であるということを、山頭火の句の数々はしずかに教えてくれるようです。

＊俳句はいずれも『定本山頭火全集①』（一九七二 春陽堂）所収

風

どっどど　どどうど　どどうど　どどう
青いくるみも吹きとばせ
すっぱいくゎりんもふきとばせ
どっどど　どどうど　どどうど　どどう

「風」といえば、宮澤賢治の傑作童話「風の又三郎」（昭和九）冒頭のこのフレーズを思い出すかたも多いのではないでしょうか。谷川の岸の小さな学校に、赤毛のいかにも不思議な風体の転入生、高田三郎君が突然登場し、「何者だ？」「あいつは外国人だな」などと子ども達にがやがや噂されます。その最中に風がどうと吹いてくると、子どもたちが「わかった、あいつは風の又三郎だ」などと言い合います。なんでも東北・北陸地方では、古くから風の神を「風の三郎」と呼んでいる地域が各所にあるそうで、三郎をその風神の化身であろうと、なんとなく皆が納得してしまうところがちょっぴり微笑ましくもあります。

そう、このとき「風」は、この子ども達の世界に全く異質の闖入者《ちんにゅうしゃ》である「風の又三郎」が来たぞ！　という合図の役目を果たしてもいるのです。

また、同じく東北は宮城県出身の尾形亀之助は、詩作初期にこんな詩を書いています。

「風」　　尾形亀之助

風は
いつぺんに十人の女に恋することが出来る

男はとても風にはかなはない

夕方――
やはらかいショールに埋づめた彼女の頬を風がなでてゐた
そして　生垣の路を彼女はつつましく歩いていつた

そして　又
路を曲ると風が何か彼女にささやいた
ああ　俺はそこに彼女のにつこり微笑したのを見たのだ

風は
彼女の化粧するまを白粉をこぼしたり
耳に垂れたほつれ毛をくはへたりする

風は

彼女の手袋の織目から美しい手をのぞきこんだりする

そして　風は
私の書斎の窓をたたいて笑ったりするのです

（『色ガラスの街』大正一四　恵風館　所収）

おお、なんとプレイボーイふうの「風」の七変化でしょうか。このとき詩人は自在に姿を変えられる「風」に、女性への叶わぬ思いを託しているようにも見えます。そして、またそんな自分をクールに客観視するかのように、書斎の窓をたたいて笑ってみせたり。ファンタジックなイメージの中に、亀之助独特のニヒリスティックなユーモアも入り交じり、ふわっと余韻をのこします。

また、群馬県出身の大手拓次には、いとしい人へやさしく語りかけるような、こんな詩もあります。

「睫毛《まつげ》のなかの微風《そよかぜ》」

大手拓次

そよかぜよ、
こゑをしのんでくる　そよかぜよ、
ひそかのささやきにも似た　にほひをうつす　そよかぜよ、
とほく　旅路のおもひをかよはせる　そよかぜよ、
しろい　子鳩の羽のなかにひそむ　そよかぜよ、
まつ毛のなかに　思ひでの日をかたる　そよかぜよ、
そよかぜよ、そよかぜよ、ひかりの風よ、そよかぜは
胸のなかにひらく　今日の花　昨日の花　明日の花。

（『藍色の蟇《ひき》』昭和二 アルス 所収）

この詩を読むと、なるほど「風」は、どこからか来て、どこかにひそみ、またどこかへ旅してゆく旅人でもあるのだな、と気づかされます。そして、睫毛のなかで思い出を語り

もする。拓次の詩にはよく花や風が出てくるのですが、この作品では「風」が胸のなかにひらく「花」と終わっています。ライオン歯磨き宣伝部のサラリーマン生活を送りながら、薔薇を愛し、詩を書いたこの詩人の心を思えば、過去・現在・未来へと自在に往き来できる風は、まさに憧れそのものだったのかもしれません。

また短い詩、平明でやわらかな言葉でぐいぐいと真実に迫ってゆく詩人・八木重吉にも風の作品があります。

「沼と風」　　八木重吉

おもたい
沼ですよ
しづかな
かぜですよ

（『秋の瞳』大正一四　新潮社　所収）

おもたい沼、しづかなかぜ。こちらが受け取れる情報はそれだけなのですが、すこし目をつむってイメージしてみましょう。たとえば、鬱蒼《うつそう》とした森のなかにポツンとある、沼。そこへ吹き渡ってゆく風。緑が呼吸して、沼の水面にはなにか魚がピチャッと跳ねていて、季節は夏。この風は、地球の軽やかな散歩者のようにも思えてきます。

先日、主宰する詩の会でこの詩をとりあげた際に、重吉を長年愛好されている方より、クリスチャンの重吉という観点から「重力的にみると、沼は下に向かうベクトルで風は横に向かうベクトル。十字《クロス》をあらわしているような気もするのです」という解釈を伺い、思わず膝を打ちました。

信仰をそんなふうに静かにしめすこと。これこそ詩人の心から穏やかに吹いてくる、一陣の風のように感じられます。

笑い

自分がはじめて笑った日のことを覚えていますか。家族や生活に関する詩をはじめ、人間味あふれる作品を多くのこしている千家元麿の第一詩集『自分は見た』（大正七　玄文社）のなかに、こんな詩があります。

「初めて子供を」　千家元麿

初めて子供を
草原で地の上に下ろして立たした時
子供は下許《ばか》り向いて、

立つたり、しやがんだりして
一歩も動かず
笑つて笑つて笑ひぬいた、
恐さうに立つては嬉しくなり、そうつとしやがんで笑ひ
その可笑《おか》しかつた事
自分と子供は顔を見合はしては笑つた。
可笑しな奴と自分はあたりを見廻して笑ふと
子供はそつとしやがんで笑ひ
いつまでもいつまでも一つ所で
悠々と立つたりしやがんだり
小さな身をふるはして
喜んで居た。

下ばかり向いて、立っては笑い、しゃがんでは笑う小さな子どもは、いったい何がそん

なにおかしいのでしょうか。この笑顔には、人間の原初の生の喜びが溢れているはずです。そう、おそらく初めて生きて、感じる感覚すべてが恐ろしいと同時に嬉しくてならないのでしょう。

世界に一歩をふみだした新たな生の行く手に幸多かれと、祈らずにはいられません。

「冬の日」　　金子てい

雪の日の大道に、
そり乗る子供の声、
泣く声、笑ふ声、叫けぶ声。
きじ飛ぶ空の
光るやうな
青さ。

（荒井進『金子ていの生涯を綴る』平成一四　所収）

こちらは、鈴木三重吉主宰の児童向け雑誌「赤い鳥」に八歳から詩を投稿し、その文学的才能を開花させた、山形県生まれの金子ていの作品です。屈託ない笑い声、天真爛漫にはしゃぐ子どもたちの歓声と広がる青空が目に浮かんでくるようです。ところが彼女がこれを書いたのは一三歳、この場面を十代を出たばかりの幼さでとらえていることに着目すると、子ども心を抜け出し、かけがえのない一瞬を切り取ろうとする詩人の眼が確かに育っているように思えます。

また、詩人・丸山薫は戦後、少女たちの微笑をこんなふうにたとえています。

「花の芯」（抄）

丸山薫

どの少女も頰笑んでゐた
貴方が好きだとも嫌いとも
言はなかつた
ただ　黙つて　笑つて

ひとりひとり去つて行つた
（『花の芯』昭和二三　創元社　所収）

そして、「掌にのこる彼女たちの八重の頬笑みを、花びらのように花の芯までむしって
ゆくと、頬笑みは消えて匂いだけがのこった」とつづきます。確かに、少女たちの笑顔は
どこかしら儚《はかな》く、けれど匂い立つ余韻を見るものの心へしっかりとのこしてゆきます。
大正期に彗星のごとく現れ、短い生を終えたモダニズム詩人、北村初雄の詩「Adieu《アデュウ》」
（『正午の果実』大正一一　稲門堂《とうもんどう》）にも、印象的な少女の笑顔がえがかれます。

「Adieu」（抄）　　北村初雄

さやうなら――

振返ると、まだ笑つて居る小さい仙女《フエアリー》、

日の中に眩しさうに眼をしかめて、

（略）

振返ると、まだ笑つて居る小さい仙女、
僕はもう堪らない、堪らない、もう一遍！　さう！
薔薇の花が、胸の上で激しく、激しく揺《ゆす》れる。

この詩を読むたびに、さよならを告げねばならぬ相手の、きっと幼さをのこす笑顔に、胸がしめつけられます。笑顔、それは多様な顔をもつ人間のたったひとつの表情でありながら、なぜこんなにも人を惹きつけ、忘れがたくさせるのでしょう。

また、時にうまく笑えなくなってしまう人へ、平木二六はこんな詩を書いています。

「笑へ」（抄）　　平木二六

アハハハハと笑へよ。

アハハハハと思ふぞんぶん笑へよ。

——何だつて
笑へない？
笑ひたくつても
高らかに声をあげることができない？

（『若冠』大正一五　自我社　所収）

そして、「笑うことが出来ないなんて可哀想。それならば、せめてお腹のなかで、誰も覗けない暗闇のなかで心おきなく笑っていいよ！」とこの詩はつづくのですが、余計なお世話なようでいて、朗らかな言葉をさらっとつむげることも、詩人ならではの軽やかなやさしさなのかもしれません。

鉛筆

一六世紀に、イギリスの鉱山で質の良い黒鉛が見つかり、それを使った筆記具として誕生した「鉛筆」。本格的に日本に入ってきたのは明治時代になってからのことで、初期には「木筆」と呼ばれていたとのこと。そして、大正・昭和と着実に鉛筆文化は根づいてゆきます。しかし、時は二一世紀。多くの人々にパソコンやｉＰａｄやスマホ、また多様な筆記用具の普及した今、たとえば詩人達の詩作を考えてみると、「手書きだよ、鉛筆で書いてるよ」という方はかなり珍しいのではないでしょうか。

さて、詩が主に鉛筆で書かれていた時代、「鉛筆」にまつわるさまざまな詩も書かれました。昭和二四年に念願の第一詩集『鉛筆詩抄』（新日本文学会岡山支部）を刊行した吉塚勤治は、戦時から戦後にかけ、鉛筆を〝わが武器――自動小銃〟に見立て、ふみつけられ、痛めつけられた民衆の声を代弁するように、国や政治家を向こうどって痛烈な諷刺詩を書いた鉛筆詩人〝日本代表〟です。

「鉛筆の詩」（抄）　吉塚勤治

僕は鉛筆を愛す、
小学校の生徒のごとく鉛筆を愛す。
僕はナイフにて、
毎日鉛筆を削りてあくことなし。
鉛筆の芯はつねにつねにとがりてあれ。

（略）

鉛筆とざら紙を愛するかぎり、
僕の詩もまた方向を誤ることなからん。

ちびた鉛筆をだいじにせよ。
一枚のざら紙をだいじにせよ。
僕の詩の日常茶飯をつらぬいて、
鉛筆の芯はつねにつねにとがりてあれ。

（略）

わが掌のなかの鉛筆もて
彼等にたちむかえよ。
彼等の犯せる罪、
彼等の行為に基く責任、
そは未来永劫にわたって消ゆることなし。
わが鉛筆はあきらかに、
彼等の名を書きとどめん。

やあ、なんたる勇ましさ！　この詩は、全六章にわたる長い詩ですが、作品中「鉛筆」

という語が、なんと三五回登場します。初めてこの詩を読んだとき、鉛筆を魂の片割れとし、堂々と己れの真実をつきつめていく姿勢にガツンと目が覚まされる思いがしました。
また東京生まれの詩人・森谷安子は敗戦後、鉛筆を手にこんなふうに書いています。

「あまりになまなましい記憶は」　森谷安子

あまりに
なまなましい記憶は
鉛筆を持つばかり
とても文字にならない

——あの日
——あの時
——ああ

敗戦の日からの数々の思ひ

それに
遮二無二取《とっ》くんで
書かうとしても
私のページはいつまでも空白《ブランク》

あまりにも
なまなましい記憶は
傷口のごとく
触れば疼き、果ては血を噴く

（『悲母』平成一〇 日本エディタースクール出版部 所収）

機関銃のごとく鉛筆を走らせた勤治に対し、生々しい記憶とその痛みの中でなんとか言葉をつむごうとした森谷安子。鉛筆を持つ幾つもの心が、紙の上へ幾多の姿を見せます。

また「神戸の詩人さん」こと竹中郁にも、こんな詩があります。

「夏の旅」(抄)

竹中郁

えんぴつをけずる
えんぴつは山の匂いがする
えんぴつは苔の匂いがする

鴉《からす》のつや、安全カミソリのつやをもつ鉛筆の芯。鉛筆を走らせれば、谷川をくだる筏《いかだ》の叫びや風にはねかえるツバメの姿まで浮かんでくると書いて、この詩はこう終わります。

おお、えんぴつを使うと
夏の旅はすこぶる手軽だ
二千円の旅も十円だ

(『そのほか』昭和四三 中外書房 所収)

貧しい生活のなか、たった一〇円の鉛筆でもこんなに鮮やかで美しい夏の旅が出来る、なんと眩しいことでしょう。そして豊かさとは決して経済的な豊かさのなかだけに宿るのではないということも。多様な鉛筆の詩歌にふれていると、心のてざわりがそのままこちらの心に移ってくるようで、久しぶりに鉛筆で何かを書いてみようかなと想わされます。

鉛筆のこなによごれしてのひらと異端文字とを風がふくなり。　宮澤賢治

（『宮澤賢治全集1』平成八　筑摩書房　所収）

さいごは、宮澤賢治の短歌。一九世紀末にポーランドの医師が創造したエスペラント語に魅了された賢治は、故郷の岩手県をエスペラント語ふうに「イーハトーブ」と呼んでいました。鉛筆の粉でよごれた賢治の手のひら、紙の上に書きつけられた異端文字を吹いていた風は、はるかな時を越え、今どこへ吹いているのでしょうか。

煉瓦

煉瓦の歴史は古く、世界で初めて造られた煉瓦は日干し煉瓦で、紀元前七五〇〇年頃の初期メソポタミア文明（シュメール文明）、チグリス川の上流付近で見つかっています。焼成煉瓦が造られたのは、その後、紀元前三〇〇〇年頃にモヘンジョダロ（現パキスタン）にて。さらにはるかのときを越え、安政四（一八五七）年。江戸幕府が建設を計画した長崎製鉄所の建築資材として選ばれた煉瓦を、オランダ人の海軍将校を招いて製造法を習い、同地で製造されたのが日本初の建設用「煉瓦」だったとか。やあ、ときめきますね。

そして明治維新後、政府は西洋の専門家達を招き、石と煉瓦の国々、ヨーロッパにならい洋式建築を続々と手がけてゆきます。明治五（一八七二）年、銀座・築地一帯を大火事が襲い、その後、街の不燃化を考慮し「銀座煉瓦街」が着工されます。国家予算の四％を投入し、洋風二階建ての街並みが完成したのは、五年後の明治一〇（一八七七）年のことでした。

春の雪
銀座の裏の三階の煉瓦造に
やはらかに降る

よごれたる煉瓦の壁に
降りて融け降りては融くる
春の雪かな

（『一握の砂』明治四三　東雲堂書店　所収）

これらは当時、二〇代前半の石川啄木が、銀座の煉瓦街をうたった短歌です。このころの啄木は小説家を目ざして単身上京し、友人の金田一京助の力を借りながら創作に力をそそいでいました。けれど文壇からは黙殺され、さらには函館の友人・宮崎郁雨《いくう》に預けていた妻子がしびれをきらして上京してくることもあり、それまでの放蕩や借金生活をこれ以上続けてゆくことは出来ない状況にありました。そして、同郷の盛岡出身の朝日新聞編集長に就職依頼をし、ぶじ東京銀座の朝日新聞社の校正係として働き口を得て、日々この赤煉瓦の街を歩くことになります。小説家をめざすも挫折しながら、短歌は日々するするとわいてくる、この啄木の不思議！

この二首は、いずれも春の雪がその煉瓦の街にふりそそぐ情景がうたわれています。雪深い故郷岩手から遠く離れた東京の街角でひとり、そっと見上げる春の雪に、啄木はなにを思っていたのでしょうか。啄木が結核により二六歳の若さで亡くなってから一一年後の大正一二（一九二三）年九月一日、関東大震災により「銀座煉瓦街」も全壊し、その姿を見ることはかなわなくなってしまいます。

失われた煉瓦の風景といえば、中原中也の第二詩集『在りし日の歌』（昭和一三 創元社）のなかに、こんな詩もあります。

「思ひ出」（抄）

中原中也

お天気の日の、海の沖は
なんと、あんなに綺麗なんだ！
お天気の日の、海の沖は
まるで、金や、銀ではないか

金や銀の沖の波に、
ひかれひかれて、岬の端に
やって来たれど金や銀は
なほもとほのき、沖で光つた。

岬の端には煉瓦工場《れんぐわこうば》が、
工場の庭には煉瓦干されて、

煉瓦干されて赫々《あかあか》してゐた
しかも工場は、音とてなかつた
（略）
ポカポカポカポカ暖かだつたよ
岬の工場は春の陽をうけ、
煉瓦工場は音とてもなく
裏の木立で鳥が啼いてた

鳥が啼いても煉瓦工場は、
ビクともしないでジッとしてゐた
鳥が啼いても煉瓦工場の、
窓の硝子は陽をうけてゐた

窓の硝子は陽をうけてても

ちつとも暖かさうではなかつた
春のはじめのお天気の日の
岬の端の煉瓦工場よ！

これは前半と後半がアステリスクで区切られた、かなり長い詩なのですが、冒頭で描かれる、お天気の日の海の沖の、きらきらと銀や金に光る情景にまず惹きつけられます。そして登場する、岬の端の煉瓦工場。春の陽をうけ、啼く鳥の声も聞こえてくるのだけれど、ビクともせずにじっとそこに佇んでいる。窓硝子に陽をうけても、ちっとも暖かそうではないという煉瓦工場。それを思いうかべると、わたしはなぜか事物の存在の悲しさみたいなものに思いがいたるのです。

煉瓦工場は、その後廃《すた》れて、
煉瓦工場は、死んでしまつた
煉瓦工場の、窓も硝子も、

今は毀《こわ》れてゐようといふもの

冒頭の耀《かがや》く海の描写から一転して、後半は、廃れて朽ちゆく煉瓦工場のようすが描かれるのですが、「死んでしまった」という表現に、人間の悲しみ、くるしみ、さびしさ、それらをひっくるめた「生」を歌いつづけた中也らしい思いを感じます。この詩が書かれたのは、中也二九歳の八月。結婚して一児をもうけ、その息子を心から愛し、生涯の中でもっと、もっともおだやかだったころです。けれどその三ヵ月後に、愛児は結核にて病死。中也はこのとき、まるで発狂せんばかりに嘆き悲しんだといいます。この詩「思ひ出」には、迫り来る我が子の死を無意識に感じとっていた気配さえします。

明治から大正初期にかけて、東京のシンボルであった銀座の煉瓦街、そして「浅草十二階」こと煉瓦造りの凌雲閣は、大正一二年の大震災により壊れ、なくなります。けれど、その煉瓦街や凌雲閣のある東京の風景をうたった詩人や作家たちの作品にふれるとき、確かにかつてはそこにあったものが生き生きと現れて、少し切なく、なぜだか懐かしいような心持ちがするのです。

海

はじめて海を見た日のことを、覚えていますか。昭和の初期に、西條八十の訳した詩にこんなものがあります。

「灰いろの眼」　S・ティーズディール／西條八十訳

あなたが初めて私のところへ来たのは
四月でした。
初めてあなたの眼を見たとき
私は初めて海を見た日のやうな気がしました。

私たちはあれから一緒に
四度《よたび》四月をおかへました。

柳の揺れる枝の上に
萌えるみどりを待ちながら。

けれど今、かうして対《むか》ひ合つて
あなたの灰いろの眼を見てゐると、
私にはやはり
初めて海を見た日のやうな気がするのです。

（『西條八十訳詩集』昭和二 交蘭社 所収）

「あなた」がどんな人かは具体的に描かれていませんが、「初めてあなたの眼を見たとき、初めて海をみた日のような気がした」とは、その人に惹きつけられた理由として、これ以上に美しく圧倒的な言葉はないように思えます。そして、初めて出会った四月から四度、四月を迎えても、その印象は変わることはなかった、と終わっていて、こんなにもやわらかく詩の真髄をつかみだしていることにも驚かされます。そう、「詩」はたとえば、「愛している」とは書かずに、しかしどれだけその人を愛しているのかということを、読み手に感じさせるものでもあるのですから。

金子光晴の妻でもある詩人の森三千代は、海のなかをこんなふうにうたっています。

「珊瑚礁」(抄)　森三千代

きれいな塩水にそゝがれてゐる
新聞売場《キオスク》。
それは珊瑚礁。

海の宣伝広告のビラが貼り散らかしてある。
だが、みんなお化粧に関することばかりだ。
どうしたら若くなれるのかといふ哲学。
――若さは、コンパクトのやうに減ってゆくのに。

珊瑚礁が新聞売場で、海の宣伝広告のビラが貼りまくられている、そしてそれはお化粧に関することばかり、とは意表を突かれますが、「宣伝広告のビラ」に潮の流れに優雅にゆらめく海草をふわりと連想させられるのも愉快です。そして後半は、自分の人相について、朝の化粧のこと、妖婦の悲哀などが、海と空、あるいは波に揺り返される魚たちとシンクロするかのように描かれます。

波瀾万丈な三千代の生涯をたどると、大正一四年、二四歳の時に光晴との間に一児をもうけますが、その後、他の男性と恋愛関係になり、それを打破しようとした光晴に連れられ、昭和三年から七年まで、東南アジアやパリを放浪します。金銭的に窮乏していた二人は異国の地で描いた絵などを売りながら、なんとか旅費を捻出し、旅を続けます。当時のパリでの生活を、「無一物の日本人がパリでできるかぎりのことは、なんでもやった」と光晴が語っているように相当な苦労も察せられます。この旅から二人が帰国したのは昭和七年、のちに光晴は実妹が設立した化粧品会社に就職し、生活費をえるようになります。

そしてこの詩の収録された『東方の詩』(図書研究社)が刊行されたのは昭和九年、三千代が三三歳のときです。この会社で光晴は相当活躍していたようで、おそらく三千代もその片腕として、たくさんの化粧品達や宣伝広告の間を飛びまわっていたのでしょう。そしてふと――いつか見たあの海と「いま」を瞼《まぶた》の裏でかさね合わせる。

また、仙台市生まれでモダニズム的な詩を書いていた石川善助には、海にまつわるこんな作品があります。

「無言貿易」　石川善助

厨房の汚物を波に抛《な》げた。
海は呑む、笑つて呑む。

俺ら、夕暮網を巻くとき、
海は精悍な魚《やつ》を置いてゆく。

（『日本海洋詩集』昭和一七　海洋文化社　所収）

厨房の汚物を笑って呑み込んで、夕暮れには、漁師の網にたくましい魚を置いていってくれる。その無言の貿易。なんと惑星的な視野で、海をとらえているのでしょうか。そう、自然が、海が、無言でわれわれになす恩恵ははかりしれないもので、それを傲慢にも忘れそうになっている人間たちを、やさしく諭しているようにも感じられます。

この詩は、海をこよなく愛した丸山薫が編集した名アンソロジー『日本海洋詩集』におさめられているのですが、なかには、次の蔵原伸二郎の詩のようにドキッとするものもあります。

「潜水夫よ」（抄）

蔵原伸二郎

深く進め、汝 潜水夫よ
底知れぬ大海の深淵にしづみゆきて
光れる実在の貝がらをつかんでこい
汝 あはれなる潜水夫よ　ひたすらに沈潜せよ
深い海は恐しいか

（略）

怖ろしいか
そこになにがあつたか
何もないか
何もないか？

大海の深淵にもぐりゆき、光れる実在の貝がらをつかんでこい、という指令。そして胸ぐらをつかむように繰り出される問い、「何もないか　何もないか？」。これは、海をとおしての、その人の生における問いにも通じているように感じます。お前は何か光るものを、その生の中に掴んだのか、掴もうとしているのか、と。
さいごに、中東在住の現代歌人、千種創一《ちぐさそういち》のうつくしい手紙のような短歌を一首ひきます。

墁の塩、かつては海をやっていたことも忘れてきらきらである　千種創一
（「短歌往来」平成二五　九月号）

「かつては海をやっていた」その塩のひとつぶひとつぶの異なる記憶を思ってみれば、いつしか人間一人一人の異なる生までも思い起こされ、そのかなしみやよろこびがきらきらと生の浜辺に打ちよせてくるようです。

あとがき

本書の元となった連載のお話をいただき、第一回目を書く前に、心に課したことが二つありました。一読してすっと心に入ってくるような、なるべく難解でない作品を選ぶことと、「普段、詩に親しみのない方でも、詩や詩人に親しみや興味を持ってもらえるように書こう」ということです。うまく伝えられているのか不安もありましたが、読者の方々の温かなお言葉に支えられて、一回一回その思いを胸に書いてゆくことが出来ました。

この一冊の本が出来るまでには、本当に多くの方々の助力がありました。きっかけとなったのは、わたしの出演したイベントに足を運ばれ、その後、この連載のお話をもちかけてくださった「しんぶん 赤旗」編集局の平川由美さん。そのイベントを主催し、このご縁をつないでくれた岡崎武志さん、北條一浩さん。書籍化に尽力いただいた、新日本出版社編集部の五島木実さん。作品の収録を快諾くださった方々。すてきな装幀で命を吹きこんでいただいた間村俊一さん。また、本書の表紙や本編を彩る挿画は、毎月の連載に花を添えてくださっている版画家・小林春規さんの手によるものです。そして、主宰する詩の読書会「ポエトリーカフェ」の参加者の皆さんの存在、活動を共にしてくれていた音楽家のカヒロさん、「わめぞ」や「不忍《しのばず》ブックストリート」はじめ古本界隈の方々、初期に詩の会に参加され、その方向を導いてくれた荻原魚雷さんの言葉も、大きな心の励みとなっています。また、いつも傍らで併走してくれているパートナー、家族、友人。わたしの活動を見守り、助け、力を与えてくださったすべての方々に、心より感謝をささげます。

「はじめに」でもふれましたが、わたしにとって、本への入口は父の書架でした。その後、版元で編集に携わるようになり、担当した本が出来るたびに「本が出来たよ」と渡していました。当時、父は癌との闘病中でしたが、そのたびニコッと笑っていたっけ。もう渡すことは叶わないけれど、こう伝えたいです。「わたしの本が出来たんだよ!」

この本が、あなたの歩く道の小さな友となることを願って。

二〇一五年秋

近代詩伝道師

Pippo

【詩人略歴】

《一》

新美南吉■一九一三〜一九四三／愛知県出身、児童文学作家・詩人。四歳で母を亡くし、さびしい幼少期を送るが、中学時代より始めた文芸創作にて才能を開花させる。代表作に童話『ごん狐』『手袋を買いに』など。

船方一■一九一二〜一九五七／東京都出身、詩人。隅田川の小さな石炭船の上で生をうけ、厳しい環境のなか、詩を生涯の友として朗らかに生きた。詩集『わが愛わ闘いの中に』『舟（船）方一詩集』など。

室生犀星■一八八九〜一九六二／石川県出身、詩人・小説家。抒情詩人から出発し、小説家として精力的に文学活動を展開。晩年も力作を次々と放ち、他を圧倒する。詩集『愛の詩集』『抒情小曲集』など。

竹内浩三■一九二一〜一九四五／三重県出身、詩人。十代で創作にめざめ、詩・漫画をはじめ多様な表現活動に没頭。上京して日大へ入学、映画監督をめざすも、一九四五年、出征先の戦地にて戦死。

中原中也■一九〇七〜一九三七／山口県出身、詩人・翻訳家。裕福な家庭に育ち、両親の期待を一心に受けるも、ただひたすらに文学・詩人への道を歩んだ。詩集『山羊の歌』『在りし日の歌』など。

小熊秀雄■一九〇一〜一九四〇／北海道出身、詩人・小説家・画家・漫画原作。三歳で母を亡くしたあとは、十代で独立、あらゆる肉体労働をしながら、詩作を続ける。詩集『小熊秀雄詩集』『飛ぶ橇』など。

永瀬清子■一九〇六〜一九九五／岡山県出身、詩人。初期はモダニズム風の詩を書いていたが二十代半ばには瑞々しくも地に足のついた独自の作風を獲得。詩集『あけがたにくる人よ』『永瀬清子詩集』など。

串田孫一■一九一五〜二〇〇五／東京都出身、詩人・哲学者。中学時代に始めた登山を生涯の友としながら、詩、随筆、翻訳、絵など多方面に才能を発揮。随筆集『山のパンセ』『串田孫一詩集』など。

吉野弘■一九二六〜二〇一四／山形県出身、詩人。戦後、結核療養中に詩作を開始し、詩誌「櫂」に参加。そぼくで人道的な詩風で、広く多くの読者の心をつかむ。詩集『吉野弘詩集』など。

河井酔茗■一八七四〜一九六五／大阪府出身、詩人。

「文庫」詩欄選者を担当し、多くの才能を世に送り出す。雑誌「詩人」を刊行、口語自由詩を推進。昭和詩の発展に大きく貢献。『河井酔茗詩集』など。

高階杞一■一九五一〜／大阪市出身・神戸在住、詩人。大学在学中より詩作開始。ユニークで多層的な詩にて多くの読者を魅了。詩集『キリンの洗濯』『早く家（うち）へ帰りたい』『いつか別れの日のために』など。

西尾勝彦■一九七二〜／京都出身・奈良在住。詩人。三〇代半ばに永井宏のワークショップに参加、詩作開始。手製の詩冊子やフリーペーパーなど刊行し、創作を続ける。詩集『言の森』『朝のはじまり』など。

山崎るり子■一九四九〜／長野県出身、詩人。愛知県在住。子育てが一息ついた四〇代半ばより詩作を開始。女性誌に投稿を続け、その楽しさを知る。詩集『おばあさん』『だいどころ』『山崎るり子詩集』など。

杉山平一■一九一四〜二〇一二／福島県出身、詩人・映画評論家。二〇代初めに詩の才能を発揮、詩誌「四季」などで活躍。父の工場の再建に苦労するも詩人生を全うする。詩集『夜学生』『希望』など。

《二》

村山槐多■一八九六〜一九一九／神奈川県出身、画家・詩人・小説家。幼少より文学に傾倒、一〇代半ばより画家を志す。画才が認めはじめられた矢先に結核性肺炎にて逝去。没後『槐多の歌へる』刊行。

菊田守■一九三五〜／東京都出身中野区在住、詩人。二十歳の頃、安西冬衛の短詩に衝撃をうけ詩作を開始。昆虫や鳥類など小動物をテーマに長年、詩を書きつづける。詩集『かなかな』にて第一回丸山薫賞受賞。

羽生槙子■一九三〇年〜／東京都出身・愛媛県育ち・神奈川県在住、詩人。戦時に縫製に携わり、戦後洋裁を習得。一九七八年以来、羽生康二と季刊詩誌「想像」発行。詩集『縫いもの』『花・野菜詩画集』など。

立原道造■一九一四〜一九三九／東京都出身、詩人・建築家。幼くして文学に親しみ、一〇代で短歌・詩・絵など創作し多様な才能を発揮。東京帝大建築学科卒。詩集『萱草に寄す』『暁と夕の詩』など。

黒田三郎■一九一九〜一九八〇／広島県出身、詩人。中学時代から詩作を開始。苛酷な戦争体験をへて、民衆のための開かれた詩を書こうと決意。詩誌「荒地」に参加。詩集『ひとりの女に』『小さなユリと』など。

山村暮鳥■一八八四〜一九二四／群馬県出身、詩人。厳しい家庭環境のもと、一〇代半ばで労働に従事。神学校卒後はキリスト教伝道師をしながら詩作を続ける。詩集『聖三稜玻璃』『梢の巣にて』『雲』など。

草野心平■一九〇三〜一九八八／福島県出身、詩人。兄の影響で一〇代より詩作を開始。一九三五年には中也らと詩誌「歴程」創刊。精力的に詩作を続け、後進を多く育てた。詩集『第百階級』『富士山』など。

高田敏子■一九一四〜一九八九／東京都出身、詩人。一〇代半ばに詩作を開始。結婚、一男二女を授かる。戦後に詩作を再開、新聞の詩連載が大きな支持を得る。詩誌「野火」主宰。詩集『月曜日の詩集』など。

佐藤惣之助■一八九〇〜一九四二／神奈川県出身、詩人・作詞家。幼少より文学に親しみ、俳句や詩の創作を開始。一九四〇年代には多く作詞を手がけヒット曲を輩出。詩集『正義の兜』『華やかな散歩』など。

高見順■一九〇七〜一九六五／福井県出身、詩人・小説家。東京帝大卒業後は「饒舌体」と呼ばれる小説手法で、多くの傑作を輩出。晩年は日本近代文学館の建設に貢献。詩集『樹木派』『死の淵より』など。

吉原幸子■一九三二〜二〇〇二／東京都出身、詩人。一〇代にて詩作を開始。演劇の分野でも才能を発揮。一九六四年に第一詩集刊行後は女性詩人等と連携し詩壇を力強く牽引。詩集『幼年連祷』『発光』など。

山之口貘■一九〇三〜一九六三／沖縄県出身、詩人。一〇代にて詩作を開始。以来、貧窮のなかでも己れの思想を貫き、よき世界を夢み、ひたすらに詩作を続けた。詩集『思弁の苑』『鮪に鰯』など。

原民喜■一九〇五〜一九五一／広島県出身、詩人・小説家。一〇代より詩や俳句、小説の創作を開始。結婚後、よき理解者であった妻を亡くしたのち、故郷広島にて被爆。その体験を記した短編「夏の花」など。

高橋元吉■一八九三〜一九六五／群馬県出身、詩人・書店経営者。一〇代より詩作を開始。生涯、詩作を続ける。書店「煥乎堂」三代目として経営に尽力。晩年『高橋元吉詩集』にて第六回高村光太郎賞受賞。

《三》

吉井勇■一八八六〜一九六〇／東京都出身、歌人。一〇代にて短歌の才を発揮し、雑誌「明星」を皮切りに活躍の場を広げる。生涯にわたり魅力的な短歌を多く書き遺した。歌集『酒ほがひ』『夜の心』など。

木下杢太郎■一八八五〜一九四五／静岡県出身、詩人・医学者。一〇代より詩、絵、戯曲、随筆など、生涯を通じ広汎な創作を行う。東大卒業後は皮膚医学者として真摯に研究に打ち込む。詩集『食後の唄』など。

北原白秋■一八八五〜一九四二／福岡県出身、詩人・歌人・童謡作家。一〇代半ばに文学を志し、短歌・詩の創作を開始。たちまちにその頭角をあらわし、近代詩壇の中心的存在となる。詩集『邪宗門』、歌集『桐の花』など。

与謝野晶子■一八七八〜一九四二／大阪府出身、歌人・詩人。一〇代後半に短歌の創作を開始。与謝野鉄幹主宰「明星」掲載の短歌が話題となり、第一歌集『みだれ髪』を上梓。生涯、精力的に歌作を続けた。

金子光晴■一八九五〜一九七五／愛知県出身、詩人。一〇代より、老荘思想や文学に傾倒。小説や絵を創作、二〇歳頃に詩作を開始。世界各国を放浪、魅力的な紀行も綴る。詩集『落下傘』『人間の悲劇』など。

林芙美子■一九〇三〜一九五一／福岡県出身、詩人・小説家。一〇代半ばより労働をしながら、貧しい生活の中、詩や小説の創作に打ち込む。自伝的小説『放浪記』、詩集『蒼馬を見たり』など。

種田山頭火■一八八二〜一九四〇／山口県出身、俳人。一〇代半ばより句作を開始。酒を愛し、四〇代半ばより放浪・行乞行脚を続けながら俳句を書きつづけた。一代句集『草木塔』など。

宮澤賢治■一八九六〜一九三三／岩手県出身、詩人・童話作家。幼時から仏典に親しみ日蓮宗を信仰。俳句・詩・童話の創作に励む。農学校教諭退職後は、農業改善にも尽力。詩集『春と修羅』など。

尾形亀之助■一九〇〇〜一九四二／宮城県出身、詩人・画家。県内屈指の資産家の家に生まれ、放蕩をしながらアナキズム的な佇まいで生涯詩作を続ける。詩集『色ガラスの街』『障子のある家』など。

大手拓次■一八八七〜一九三四／群馬県出身、詩人。幼

少期に両親を亡くし、祖母の寵愛を一身に受けて育つ。二〇歳頃より詩作に打ち込み、象徴的・幻想・耽美的な独自の詩風を確立。生涯に二四〇〇篇ほどの作品を遺すも生前刊行はなし。詩集『藍色の蟇』など。

八木重吉■一八九八～一九二七／東京都出身、詩人。神奈川県師範学校在学時より教会に通い、キリスト教の洗礼を受ける。二〇代に精力的に詩作を続けた。詩集『秋の瞳』『貧しき信徒』など。

千家元麿■一八八八～一九四八／東京都出身、詩人。武者小路実篤に師事し、詩作を開始。生涯熱心に詩作を続けた。人道的で生活に根ざした作風をもつ。詩集『自分は見た』『新生の悦び』など。

金子てい■一九一一～一九六一／山形県出身、詩人。早熟な文学少女で、八歳にて「赤い鳥」へ詩の投稿を開始、卓越した才能を見出され、多くの作品が掲載される。戦後は文部省に勤務。

丸山薫■一八九九～一九七四／大分県出身、詩人。幼少より海への憧憬を強く持つ。堀辰雄らと詩誌「四季」を創刊。その詩才で他を牽引する。詩集『帆・ランプ・鷗』『幼年』『花の芯』『青春不在』など。

北村初雄■一八九七～一九二二／東京都出身、詩人。幼少より絵や文芸に親しむ。一八歳にて三木露風に師事、詩作を熱心にし、独自の清新でモダニズム的作風を育む。詩集『吾歳と春』『正午の果実』など。

平木二六■一九〇三～一九八四／東京都出身、詩人。一〇代後半に室生犀星を知り、詩作を開始。第一詩集『若冠』を上梓後、中野重治らと詩誌「驢馬」創刊。新聞編集に携わるも戦後は文筆活動に戻る。

吉塚勤治■一九〇九～一九七二／岡山市出身、詩人。旧制六高入学、詩の会に所属し、詩作を開始。熱心に詩作を続ける。戦後、過去二〇年に書いた詩作品の中から三〇篇を収録の第一詩集『鉛筆詩抄』刊行。

森谷安子■一九一三～一九四七／東京都出身、詩人。二〇代半ばに結婚、長女出生後に三〇歳で渡満。長男出生後、終戦を満州の地で聴く。戦後長女を亡くし、晩年の短期間に詩作。没後『悲歌』刊行される。

竹中郁■一九〇四～一九八二／兵庫県出身、詩人。一〇代後半に北原白秋に傾倒、詩作を開始。戦後に児童詩誌「きりん」創刊、監修を務め、後半生の重要な仕事となる。詩集『象牙海岸』『動物磁気』など。

石川啄木■一八八六～一九一二／岩手県出身、歌人。一五歳で与謝野晶子に衝撃をうけ、自らも文学で立つことを志す。二〇代前半に多くの傑出した短歌を創作。歌集『一握の砂』『悲しき玩具』など。

S・ティーズディール■一八八四～一九三三／アメリカ・ミズーリ州出身、詩人。少女期より文学と詩作に目ざめる。愛、自然、美についてを主題とした詩風が特徴。詩集『Love Songs』など。

西條八十■一八九二～一九七〇／東京都出身、詩人・童謡作家・作詞家・翻訳家。一〇代で詩作や翻訳に励む。鈴木三重吉主宰「赤い鳥」掲載の童謡が大きな支持を得て一躍人気作家となる。詩集『砂金』など。

森三千代■一九〇一～一九七七／愛媛県出身、詩人・小説家。金子光晴の妻。一〇代にて文学を志し、文芸創作を開始。金子と出会い、共に世界放浪。詩集『竜女の眸』『東方の詩』など。

石川善助■一九〇二～一九三二／宮城県出身、詩人。仙台市立商業学校卒。北方的な意志と鋭角さを併せもつ独自の詩風をもつ。詩集『亜寒帯』など。

蔵原伸二郎■一八九九～一九六五／熊本県出身、詩人。幼少期は中国詩に親しむ。慶応大学仏文科入学後、萩原朔太郎に影響を受け、詩作を開始。詩集『東洋の満月』『岩魚』、詩文集『暦日の鬼』など。

千種創一■一九八八～／愛知県出身、中東在住、歌人。「外大短歌会」OB。二〇一三年、第三回塔新人賞受賞。二〇一五年、第二六回歌壇賞次席。近刊に第一歌集『砂丘律』。twitter: @chigusasoichi

※平木二六、吉塚勤治両氏は、著作権継承者の所在がわかりませんでした。ご存知の方がいらっしゃいましたら、新日本出版社までご一報ください。

Pippo（ぴっぽ）
本名：田中文枝（たなかふみえ）
1974年東京生まれ。近代詩伝導師、朗読家、著述業。
文化放送ラジオ「くにまるジャパン～本屋さんへ行こう！」準レギュラー。
明治～大正期に先祖が煉瓦工場を営んでいた関係で、幼少より煉瓦塀に囲まれて育ち、近代に親しみを覚える。青山学院女子短期大学芸術学科卒業後、詩書出版社の思潮社へ入社。編集部時は小田久郎氏の指導を受けながら多くの詩書編纂に携わる。2008年より、音楽・朗読および近代詩伝道活動を開始。2009年10月より、詩の読書会「ポエトリーカフェ」を月例にて開催。

心《こころ》に太陽《たいよう》を　くちびるに詩《し》を

2015年11月25日　初　版

著　者　Pippo
発行者　田所　稔

郵便番号　151-0051　東京都渋谷区千駄ヶ谷4-25-6
発行所　株式会社　新日本出版社
電話　03（3423）8402（営業）
03（3423）9323（編集）
info@shinnihon-net.co.jp
www.shinnihon-net.co.jp
振替番号　00130-0-13681
印刷　亨有堂印刷所　　製本　小泉製本

落丁・乱丁がありましたらおとりかえいたします。

ISBN978-4-406-05949-7　C0095 Printed in Japan